Claude Dubois
Mary Trouille

L'Affaire québécoise

A Monsieur Maurice Mystery

Illustrated by George Armstrong

National Textbook Company
NTC a division of *NTC Publishing Group* • Lincolnwood, Illinois USA

Introduction

Natasha Lemicov, faithful employee of the French *Police Judiciaire,* has asked for permission to vacation in Canada, so that she can introduce her fiancé to her brother, who lives in Quebec City. But the fiancé seems to be a spy; he is mainly interested in the top-secret documents that he has smuggled out of Natasha's office—or is he?

All the best agents in the department are out on assignment. As a result, poor Commissaire Tronc is left with no other choice but to put bumbling, crotchety Monsieur Maurice on this very important case, *L'Affaire québécoise.* With his equally incapable assistants, tipsy Anatole Ampoulay and flirtatious Jean-Pierre Alayre, Monsieur Maurice sets off on a mad chase across the Province of Quebec to search for Natasha and the documents. Then catastrophe strikes, as Monsieur Maurice is captured and spirited away into the icy winter night. Could this be a mess that even Monsieur Maurice can't blunder out of?

Written especially for intermediate students of French, *L'Affaire québécoise* features simple, yet natural French set in an authentic cultural background. Content questions follow each brief chapter to check comprehension and to stimulate discussion. Difficult vocabulary and unfamiliar expressions are defined in margin glosses and collected in the general French-English Vocabulary at the back of the book.

We know you'll enjoy *L'Affaire québécoise,* just as you've enjoyed all the other adventures in the *Monsieur Maurice Mystery* series.

1994 Printing

Published by National Textbook Company, a division of NTC Publishing Group.
© 1990, 1982 by NTC Publishing Group, 4255 West Touhy Avenue,
Lincolnwood (Chicago), Illinois 60646-1975 U.S.A.
Manufactured in the United States of America

3 4 5 6 7 8 9 TS 9 8 7 6 5 4 3 2

1 *Une rêverie maussade*°

ASSIS À SON BUREAU, l'Inspecteur Maurice regarde d'un œil morne° le ciel gris de février. De sa fenêtre, il voit les gens qui marchent à pas rapides° sur le Quai des Orfèvres.° Ils baissent la tête et remontent le col pour se protéger de la pluie glacée qui tombe sans arrêt depuis deux jours. L'Inspecteur Maurice, qui ne rêve presque jamais, se met à rêver des hivers blancs et ensoleillés de son enfance à Chamonix,° où ses parents tenaient une petite auberge° de ski. Et lui, qui n'a pas revu son pays d'enfance° depuis trente ans, est pris de nostalgie.

Il secoue la tête pour chasser ces souvenirs lointains et se replonge° dans les dossiers qui sont empilés sur son bureau. Mais le cœur n'y est pas.° D'un geste découragé,° il repousse le rapport qu'il est en train de lire.

—Que de paperasses!° se dit-il. Je suis plus fonctionnaire qu'inspecteur!

Monsieur Maurice pense avec amertume° au Commissaire Tronc, le directeur de la P.J.,° qui donne toujours les affaires importantes et intéressantes aux inspecteurs plus jeunes que lui. Lui, qui a vingt-cinq ans de métier° et qui est entièrement dévoué à son travail, ne reçoit que des affaires banales et sans importance.

—On voit bien que l'expérience ne compte plus pour rien,° murmure-t-il.

Le seul rayon de soleil dans sa vie est le succès qu'il a

---

maussade, gloomy
d'un œil morne, gloomily

à pas rapides, hurriedly
Quai des Orfèvres, street running along the Seine

Chamonix, ski resort in the French Alps
auberge, inn
pays d'enfance, hometown

se replonge, plunges back
le cœur n'y est pas, his heart isn't in it
d'un geste découragé, with a shrug of discouragement
Que de paperasses!, Nothing but paperwork!

amertume, bitterness

P.J., Police Judiciaire

métier *(here),* experience

ne compte . . . rien, isn't valued at all anymore

obtenu dans l'Affaire des tableaux volés l'année précédente. Et il pense avec fierté à son grand moment de triomphe, lorsqu'il a arrêté la fausse comtesse de Vaulyeuse, qui avait volé plus de° cent chefs-d'œuvre impressionnistes exposés dans les grands musées d'art moderne. Le Commissaire Tronc était agréablement surpris de son succès, mais l'a bien vite oublié.

plus de, more than

—Décidément,° la gloire est une chose fragile et éphémère,° qui tourne vite à° l'ingratitude, se dit-il.

décidément, no doubt about it
éphémère, fleeting
tourne à, becomes

Si Monsieur Maurice avait connu l'amour, peut-être aurait-il comparé la gloire à l'amour, qui lui aussi tourne vite à l'ingratitude. Mais le pauvre Inspecteur Maurice n'a jamais eu d'aventures amoureuses. Pour lui, il n'y a que le travail. Il vit seul dans un petit appartement presque vide à Montmartre. Il n'a pas de famille, pas d'amis, même pas un chat ou un chien. (D'ailleurs, il a horreur des animaux.°) Il ne sort jamais, ne reçoit jamais de visites, ne prend jamais de vacances. Il n'a aucun° passe-temps, ni aucun° vice. Sa seule passion est son travail.

il a horreur des animaux, he hates animals
ne . . . aucun, no
ni . . . aucun, nor any

Si seulement on lui donnait un travail intéressant de temps en temps, ou simplement un peu de reconnaissance pour son dévouement,° il serait heureux. Mais non, à peine se souvient-on de sa présence.° On lui donne des dossiers à classer, des rapports à rédiger° et parfois une petite enquête ridicule à faire. C'est sans doute pour ça que l'Inspecteur Maurice a souvent le regard triste et absent.

dévouement, devotion
à peine . . . présence, they hardly even remember he's there
rédiger, to write

La sonnerie du téléphone interrompt cette rêverie maussade. C'est Mathilde, la vieille secrétaire du Commissaire Tronc, qui est à la P.J. depuis au moins cinquante ans.°

qui . . . ans, who has been with the P.J. for at least fifty years

—Le Commissaire Tronc désire vous voir tout de suite. C'est une affaire importante et urgente, lui dit-elle.

—J'arrive dans deux minutes, lui répond-il.

—Un travail important et urgent . . . Est-ce possible? se demande-t-il en traversant le long couloir qui mène au bureau du directeur.

Répondez:

1. Pourquoi Monsieur Maurice est-il triste?
2. Pourquoi pense-t-il avec amertume au Commissaire Tronc?
3. Est-ce que Monsieur Maurice a beaucoup d'amis et de passe-temps? Quelle sorte de vie mène-t-il?
4. Qu'est-ce qui interrompt la rêverie maussade de Monsieur Maurice? Qui veut le voir? Pourquoi?

2   *L'histoire de l'ambassadeur russe*

—AH, VOUS VOILÀ, Maurice, dit le Commissaire Tronc en se levant. Je vous présente Monsieur Belloir, qui est directeur du Deuxième Bureau.°

Etonné et perplexe, l'Inspecteur Maurice tend la main vers° un homme grand et élégant qui est debout à côté du commissaire.

—Enchanté de faire votre connaissance,° Inspecteur, dit Monsieur Belloir. Le Commissaire Tronc me dit que vous êtes l'inspecteur le plus expérimenté de son équipe et que c'est vous qui avez arrêté le voleur des tableaux impressionnistes l'année dernière. Mes félicitations, monsieur. C'était une affaire compliquée et dangereuse.

L'Inspecteur Maurice est tellement surpris par ces compliments inattendus qu'il a du mal à parler:°

—Uh . . . merci, monsieur . . . uh . . . vous êtes trop aimable, bafouille-t-il.°

Pour tirer Monsieur Maurice de son embarras,° le Commissaire Tronc invite ses deux visiteurs à s'asseoir. Mathilde entre, portant un plateau avec une cafetière et des tasses. C'est la première fois dans toute sa longue carrière que Monsieur Maurice boit du café dans le bureau du directeur. Il n'en revient pas.°

—Nous avons une affaire très délicate et importante à vous confier, Maurice, explique le Commissaire Tronc. Une affaire qui demande une discrétion absolue et beau-

Deuxième Bureau, French intelligence agency

tend la main vers, reaches out to shake hands with

enchanté . . . connaissance, pleased to meet you

il a du mal à parler, he has a hard time speaking

bafouille, stammers

tirer . . . de son embarras, to help him out

Il n'en revient pas., He can hardly believe it.

coup de sang-froid.° Vous ne parlerez à personne—sauf à vos collaborateurs proches—de ce que nous allons vous dire aujourd'hui.

—Oui, chef, je comprends, répond Monsieur Maurice, qui ne comprend rien du tout.

Le Commissaire Tronc tourne vers Monsieur Belloir et lui dit:

—Peut-être ferais-tu mieux de lui expliquer° l'affaire toi-même, mon vieux.°

Monsieur Maurice sursaute en entendant son chef tutoyer le directeur° du Deuxième Bureau. Il se demande comment ils se connaissent et pourquoi ils ont fait appel à lui.° Le mystère allait bientôt s'éclaircir.°

—Il serait sans doute plus simple de commencer par le commencement, car c'est une histoire qui remonte° assez loin dans le passé, dit Monsieur Belloir. Peut-être vous souvenez-vous de l'histoire de l'ambassadeur russe, Nikolai Lemicov?

Monsieur Maurice fait signe que oui, quoique le nom ne lui dise rien.°

—Lemicov venait d'une famille russe très distinguée qui a joué un rôle important dans la révolution bolchévique. Son père était un des chefs du parti communiste, mais il est mort quand Nikolai était encore jeune. Nikolai était musicien et compositeur, mais grâce à° l'influence de sa famille, il était nommé ambassadeur à Paris. Accompagné de sa femme et de ses trois enfants, il a servi comme ambassadeur russe en France pendant six ans. Outre° ses responsabilités consulaires, Lemicov participait activement à la vie culturelle de Paris. C'était un excellent pianiste, et il recevait souvent de grands musiciens chez lui. Peu à peu, son contact avec la vie française et avec notre forme de gouvernement a changé ses idées politiques. Sans en parler à personne,° il est devenu très critique envers le régime communiste en Russie. Après six ans, le gouvernement russe l'a nommé Ministre des Affaires Culturelles et l'a rappelé à Moscou. A l'étonnement de tous,°

sang-froid, coolness, composure

ferais . . . expliquer, you'd better explain
mon vieux, old friend

sursaute . . . directeur, is startled to hear his boss use *tu* with the director
ont fait appel à lui, called upon him
s'éclaircir, to be cleared up
remonte *(here),* goes back

quoique . . . rien, although the name doesn't ring a bell

grâce à, thanks to

outre, besides

sans . . . personne, without telling anyone about it

à l'étonnement de tous, to everyone's surprise

—Je vous présente Monsieur Belloir, qui est directeur du Deuxième Bureau.

il a refusé de partir et a demandé l'asile du gouvernement français.

Monsieur Belloir s'arrête un instant pour boire du café, puis continue:

—Deux ans après, la mère de Madame Lemicov est tombée gravement malade.° Madame Lemicov a obtenu l'autorisation officielle de retourner à Moscou pour la voir. Son mari ne l'a jamais revue. Eprouvé° par les événements, Nikolai est mort un an plus tard.

est tombée . . . malade, became seriously ill

éprouvé, worn down

Natasha, leur fille aînée, avait alors vingt-trois ans.° La mort de ses parents l'a profondément marquée, et elle était déterminée de se venger contre le gouvernement russe. Elle est venue me voir à mon bureau. Elle avait l'air si désespéré que j'ai accepté de l'embaucher° comme secrétaire et traductrice.° Elle travaille pour moi depuis sept ans. Elle est devenue chef de la section de déchiffrage° et un de mes collaborateurs principaux . . .

avait . . . ans, was 23 years old at the time

embaucher, to hire

traductrice, translator

déchiffrage, decoding

La sonnerie du téléphone interrompt brusquement son récit. Le Commissaire Tronc décroche° le récepteur en s'excusant.

décroche, picks up

Répondez:

1. Qui est dans le bureau du Commissaire Tronc lorsque Monsieur Maurice arrive?
2. Est-ce que Monsieur Maurice prend souvent du café dans le bureau du directeur?
3. Est-ce que Monsieur Belloir et le Commissaire Tronc se connaissent? Comment le sait-on?
4. Que raconte Monsieur Belloir à Monsieur Maurice?
5. Pourquoi Natasha voulait-elle travailler pour Monsieur Belloir?

3   *Une affaire d'espionnage*

—EXCUSEZ-MOI, messieurs, dit le Commissaire Tronc en raccrochant.° C'était un appel urgent de Scotland Yard.

raccrochant, hanging up

Le commissaire tourne vers son ami en souriant:

—Tu peux continuer, mon vieux.

Monsieur Belloir reprend aussitôt la parole:°

—Je n'ai jamais connu un travailleur aussi infatigable et acharné° que Natasha Lemicov. Par son expertise dans le déchiffrage, elle a rendu des services précieux° à nos agents. A trente ans, elle occupe un poste très important au Deuxième Bureau, et elle a accès à tous nos documents les plus secrets.

Passionnée de son travail, elle a toujours travaillé de longues heures. Souvent elle est restée dans son bureau plusieurs jours de suite° jusqu'à la résolution d'une affaire importante.

Mais depuis quelques mois, je ne la reconnais plus. Chez des amis, elle a fait la connaissance de Dmitri Breninski, un ingénieur russe qui fait un doctorat de physique à Paris. Il lui a fait la cour,° et elle est tombée amoureuse de lui. Un vrai coup de foudre!° Elle est si éprise° de lui qu'elle travaille mal et à des heures irrégulières, elle qui est d'habitude° si consciencieuse et ponctuelle. Il lui arrive même de commettre des imprudences.° Plusieurs fois, elle a laissé entrer son ami au Bureau,° malgré nos règles de sécurité très strictes.

Avant hier, le jour de la dernière visite de Dmitri au Bureau, on a signalé la disparition de trois dossiers° importants. Parmi ces documents se trouve une liste complète de tous nos agents, avec une description détaillée de leurs activités. Si cette liste tombe entre les mains des Russes, toutes nos opérations seront menacées, et la vie de nos agents sera en danger. Vous comprenez que la situation est très grave.

Je me suis renseigné sur° Dmitri. Il est inscrit à la Faculté des Sciences, mais depuis plusieurs mois, il ne va plus aux cours. Pour cette raison et pour d'autres, je le soupçonne° de travailler pour les Russes. Mais, comme je n'ai pas de preuves concrètes, je ne peux pas l'arrêter. Je l'ai fait surveiller° discrètement, et j'ai aussi fait fouiller son appartement,° sans rien trouver.

Hier, Natasha est venue me voir au bureau pour m'an-

---

reprend . . . la parole, begins to talk again

acharné, dedicated

a rendu . . . précieux, has been a tremendous help

de suite, in a row

il lui a fait la cour, he courted her
Un vrai coup de foudre!, Head over heels in love!
éprise, in love
d'habitude, usually
Il lui arrive même . . . imprudences., She is even getting careless.
Bureau = Deuxième Bureau

on a signalé . . . dossiers, three important files were reported missing

je me suis renseigné sur, I made inquiries about

le soupçonne, suspect him

je l'ai fait surveiller, I had him watched
j'ai . . . fait fouiller son appartement, I had his apartment searched

noncer ses fiançailles° avec Dmitri et pour me demander un mois de congé.° Puisqu'elle ne prenait presque jamais de vacances, je ne pouvais pas le lui refuser. Elle va au Québec° pour présenter Dmitri à son frère, qui tient° un restaurant célèbre dans la ville de Québec.° Ils partent le 4 février, donc demain, et ne reviennent que le 3 mars. Il faut absolument qu'ils soient surveillés de près° pour savoir si Dmitri travaille pour les Russes. Car si c'est un agent russe, il faut à tout prix° l'empêcher° de passer ces documents à ses supérieurs. Et il faut en même temps° protéger Natasha, car les Russes seraient capables de la kidnapper.

Normalement dans une affaire comme celle-ci, j'enverrais° un ou plusieurs de mes propres agents. Mais comme Natasha connaît la plupart d'entre eux,° ce ne serait pas très prudent. Je ne veux pas non plus éveiller des soupçons sur elle° car, la connaissant et connaissant sa famille, je sais qu'elle serait incapable de trahir des secrets d'Etat,° surtout pour les Russes. C'est pour cette raison que j'ai appellé le Commissaire Tronc, votre patron, pour lui demander de me prêter deux ou trois de ses inspecteurs. C'est un vieil ami du lycée, et je savais que je pourrais compter sur sa discrétion et sur son aide.

D'après° ce qu'Henri m'a dit sur vous, vous êtes exactement ce que je cherche—un inspecteur expérimenté, mais inconnu du grand public.° Comme c'est une mission difficile et peut-être dangereuse, vous avez bien sûr le droit de refuser.

—Ah, non, monsieur, jamais je ne refuserais un si grand honneur!° Monsieur Maurice s'empresse de° dire.

—Alors, c'est décidé, prononce Monsieur Belloir. Voici un dossier contenant tous les renseignements dont vous aurez besoin:° des photos de Dmitri et de Natasha, l'adresse du frère de Natasha à Québec, mon numéro de téléphone à Paris, etc. Vous prendrez le même avion que Natasha et Dmitri demain matin. Téléphonez-moi une fois par jour pour me tenir au courant de ce qui se passe° et pour

---

fiançailles, engagement
un mois de congé, a month of vacation

le Québec, Quebec province
tient, owns
Québec, Quebec City
de près, closely

il faut à tout prix, it is absolutely essential
l'empêcher, to prevent him
en même temps, at the same time

j'enverrais, I would send

la plupart . . . eux, most of them

éveiller des soupçons sur elle, to arouse suspicion about her

trahir les secrets d'Etat, to divulge state secrets

d'après, according to

grand public, general public

jamais . . . honneur, I would never turn down such a great honor
s'empresse de, hastens

dont vous aurez besoin, that you will need

me tenir . . . passe, to keep me informed of what is happening

recevoir mes instructions. Ne faites rien sans me consulter d'abord, sauf bien sûr en cas d'urgence.° En principe,° votre rôle sera limité à une surveillance discrète. Mais, si vous devez intervenir, il faut garder tout votre sang-froid.

Pour vous aider dans cette mission délicate, vous serez accompagné de deux autres inspecteurs que vous choisirez avec votre patron. Il y aura aussi un de mes agents à votre disposition.° Vous pourrez le contacter au Consulat français à Québec au numéro indiqué dans le dossier.

Monsieur Belloir se lève et tend la main vers l'Inspecteur Maurice en disant:

—Eh bien, bonne chance et bon courage!°

Puis il serre la main du Commissaire Tronc:

—Au revoir, mon vieux, et merci encore de ton aide.

Après le départ de Monsieur Belloir, le Commissaire Tronc se tourne vers Maurice et lui dit:

—J'apprécie beaucoup votre coopération, Maurice. Mais franchement, j'aurais préféré envoyer un inspecteur plus jeune et plus . . . plus dynamique. Malheureusement, vous êtes le seul inspecteur disponible° en ce moment. Alors, je dois me contenter de ce que j'ai sous la main.° Enfin, c'est la vie . . .

Le commissaire soupire, puis continue:

—Vous prendrez Ampoulay et Alayre avec vous. Vous avez l'habitude° de travailler ensemble, et vous aurez certainement besoin de leur aide. Vous leur expliquerez l'affaire vous-même. Votre avion part demain matin à neuf heures. Voici vos billets et de l'argent pour subvenir aux frais° de votre séjour au Québec . . . Et Maurice, surtout ne faites pas de bêtises!°

en cas d'urgence, in case of an emergency
en principe, theoretically

à votre disposition, at your disposal

bon courage, keep your chin up

disponible, available

sous la main, available

vous avez l'habitude, you are accustomed

subvenir aux frais, to meet the expenses
ne faites pas de bêtises, don't do anything foolish

Répondez:

1. Comment Natasha a-t-elle changé depuis quelques mois?
2. Qui est Dmitri Breninski? Pourquoi Monsieur Belloir soupçonne-t-il que Dmitri travaille pour les Russes?
3. Où va Natasha? Pourquoi?
4. Que demande Monsieur Belloir à Monsieur Maurice?
5. Pourquoi le commissaire a-t-il choisi Monsieur Maurice pour cette mission?

4   *Destination Québec*

IL EST HUIT heures et demie du matin. Assis près de la porte d'embarquement,° Monsieur Maurice attend l'arrivée de l'avion pour Québec. En face de lui sont ses deux collaborateurs, Anatole Ampoulay et Jean-Pierre Alayre. Monsieur Maurice maudit le sort° qui les a encore mis sur son chemin.

—Comment mener une enquête sérieuse avec deux adjoints pareils!° murmure-t-il hargneusement.° Voilà une chance inespérée de me faire valoir° et peut-être même d'obtenir une promotion—et vlan!° catastrophe!—le patron me donne comme adjoints un ivrogne° et un Don Juan!°

Il faut dire que Monsieur Maurice a un peu raison.° C'est vrai qu'Anatole boit de trop. Au lieu de travailler, il passe la plupart de son temps dans son bar préféré, Aux Bons Copains, assis devant un Beaujolais.° Il prétend se consoler de la mort de sa femme, Germaine, qui s'est noyée° en vacances dix ans plus tôt. Mais ceux qui la connaissaient disent que c'était une vraie mégère° et qu'Anatole buvait déjà autant de son vivant.° Le temps qu'il ne perd pas en buvant, il le consacre à son chien, Germain, un petit pékinois qu'il adore de tout son cœur. Monsieur Maurice déteste les chiens et Germain en particulier.

—Heureusement qu'il a laissé ce chien affreux chez sa concierge. Au moins je serai tranquille sur ce point-là! pense Monsieur Maurice en regardant Anatole.

Se sentant observé, Anatole cache la bouteille de Beaujolais qu'il tient entre les mains, enveloppée dans un sac en papier. Et, d'un geste nerveux,° il tire vers lui une valise carrée avec quelques petits trous sur les côtés.

—Il aurait pu au moins s'acheter une valise présentable! se dit Monsieur Maurice, irrité.

Tout à coup,° Monsieur Maurice se rend compte° que la chaise à côté d'Anatole est vide.

—Où est Jean-Pierre? grogne-t-il.°

porte d'embarquement, boarding gate

maudit le sort, curses fate

avec deux adjoints pareils, with two such assistants
hargneusement, angrily
me faire valoir, to prove my worth
vlan!, bang!
ivrogne, drunkard
Don Juan, woman chaser
a un peu raison, isn't entirely wrong

Beaujolais, glass of Beaujolais wine

s'est noyée, drowned

mégère, shrew

de son vivant, when she was alive

d'un geste nerveux, nervously

tout à coup, suddenly

se rend compte, realizes

grogne, grumbles

Pour toute réponse,° Anatole incline la tête à droite pour indiquer que Jean-Pierre est par là.° Monsieur Maurice regarde à droite. Près de la fenêtre, il voit Jean-Pierre en train de bavarder avec° un groupe de jeunes. Il y a deux jeunes femmes brunes et un homme d'une trentaine d'années° qui entoure une des femmes de son bras.° Jean-Pierre flirte avec l'autre femme, qui lui fait de beaux sourires.

—Ah, celui-là, il ne manque jamais une occasion de draguer les filles!° soupire Monsieur Maurice. Si seulement il mettait autant d'énergie et d'enthousiasme dans son travail que dans ses amours, peut-être arriverait-il à quelque chose!°

En regardant les compagnons de Jean-Pierre plus attentivement, Monsieur Maurice a l'impression de les avoir vus quelque part.° Puis il les reconnaît.

—Ah, que je suis bête!° Ce sont nos espions russes, Natasha et Dmitri! Et voilà cet idiot de Jean-Pierre qui leur parle sans se douter de leur identité!° Il faut faire quelque chose . . . et vite!

Monsieur Maurice s'avance vers le petit groupe de jeunes, en s'efforçant de garder son calme.°

—Bonjour, messieurs-dames. Est-ce que vous avez l'heure?° leur-demande-t-il, la voix tremblante.

Jean-Pierre le regarde d'un air amusé, puis il répond en riant:

—Mais voyons, Maurice, vous avez votre montre au poignet!°

Monsieur Maurice lui jette un regard furieux, puis il s'empresse de dire:

—Je voulais dire . . . Savez-vous l'heure du départ?

—L'avion part à neuf heures cinq, monsieur, donc dans vingt minutes, répond gentiment la jeune femme à côté de Jean-Pierre. Puis elle ajoute: Je vois que vous vous connaissez. Vous allez à Montréal aussi, monsieur?

Monsieur Maurice ouvre la bouche pour répondre, mais Jean-Pierre lui coupe la parole:°

---

pour toute réponse, without answering

est par là, is over there

en train de bavarder avec, chatting with

d'une trentaine d'années, about 30 years old

qui entoure . . . bras, with his arm around one of the women

il ne manque . . . filles, he never misses a chance to flirt

peut-être . . . quelque chose, maybe he'd amount to something

a l'impression . . . part, has a feeling he's seen them somewhere

que je suis bête, how stupid I am

sans . . . identité, without realizing who they are

en s'efforçant . . . calme, struggling to keep his cool

Est-ce . . . l'heure?, Can you tell me what time it is?

vous avez . . . poignet, you've got your watch on your wrist

lui coupe la parole, interrupts him

—Permettez-moi de vous présenter mon oncle Maurice de la Roche de Neuilly,° exportateur de vins. Nous allons au Québec pour négocier un contrat. Après, nous allons prendre quelques vacances, car les médecins de mon oncle lui ont conseillé de se reposer et de se changer les idées.°

Jean-Pierre jette un petit clin d'œil complice° à Monsieur Maurice, qui le regarde perplexe.

—Enchantée de faire votre connaissance, monsieur. Je m'appelle Sonya Lemicov et voici ma sœur, Natasha, et son fiancé, Dmitri Breninski.

Regardant Dmitri du coin de l'œil,° Monsieur Maurice pense remarquer une certaine tension dans son attitude. Est-ce qu'il se sent suivi? Cacherait-il les documents volés dans la serviette° qu'il tient à la main?

Juste à ce moment-là, on annonce le départ pour Montréal. Les passagers se préparent à monter dans l'avion. Sonya se baisse pour soulever son sac de voyage, mais Jean-Pierre s'empresse de le prendre en disant:

—Permettez-moi de porter votre valise, mademoiselle.

Sonya lui fait encore de beaux sourires, pendant que les quatre jeunes s'avancent vers la porte d'embarquement.

Monsieur Maurice cherche Anatole des yeux° et voit qu'il s'est endormi sur sa chaise. Il court vers lui pour le réveiller. En courant, il trébuche° sur la valise d'Anatole, perd l'équilibre et s'étale de tout son long.° La valise renversée s'ouvre et il s'en échappe° une petite forme poilue° qui aboie° bruyamment.

Anatole se réveille en sursaut:°

—Germain! s'écrie-t-il.

Et Anatole se lance à la poursuite° du petit chien, qui court à toutes jambes° à travers la foule.

—Ça commence bien! gémit° Monsieur Maurice, toujours étendu par terre.°

Neuilly, fashionable suburb of Paris

se changer les idées, to get a change of scenery
jette . . . complice, winks knowingly

regardant . . . l'œil, watching Dmitri out of the corner of his eye

serviette, briefcase

cherche . . . des yeux, looks around for Anatole

trébuche, trips

s'étale . . . long, falls flat on his face
il s'en échappe, out jumps
poilue, shaggy
aboie, barks
en sursaut, with a start

se lance à la poursuite, chases after
court à toutes jambes, runs as fast as his legs will carry him
gémit, groans
toujours étendu par terre, still lying on the floor

—Ça commence bien!

Répondez:

1. Est-ce que Monsieur Maurice est content d'avoir Jean-Pierre et Anatole comme collaborateurs? Pourquoi?
2. Que fait Jean-Pierre en attendant l'avion?
3. Quand Monsieur Maurice reconnaît les jeunes gens, que fait-il?
4. Selon Jean-Pierre, pourquoi est-ce que Monsieur Maurice va au Québec?
5. Lorsque Monsieur Maurice regarde Dmitri, que pense-t-il remarquer?
6. Où est Anatole lorsqu'on annonce le départ pour Québec? Que fait-il?
7. Que cache Anatole dans sa valise? Comment Monsieur Maurice le découvre-t-il?

5   *Bienvenue à Montréal!*

MESSIEURS, MESDAMES, nous allons bientôt atterrir à l'aéroport international de Montréal. Je vous prie de bien vouloir retourner à vos places et d'attacher vos ceintures. Merci.

Monsieur Maurice est d'une humeur exécrable.° Il n'a pas pu fermer l'œil° de la nuit et il a mal partout—à la tête, aux oreilles, au ventre, au dos. Cette nuit blanche° passée dans l'avion était la nuit la plus pénible° de sa vie. C'est son premier vol et il est bien décidé que ce sera son dernier.

—Pour le voyage de retour,° je prendrai le bateau. Je nagerai même. Mais jamais je ne remettrai les pieds dans un avion! se promet-il. Jamais plus!

Il faut dire que Monsieur Maurice a peur, mais il refuse de l'avouer,° surtout à lui-même. Il ne comprend pas comment l'avion arrive à voler, et il regarde les ailes° avec méfiance. Il n'a pas confiance du tout. Il pense que l'avion va s'écraser° d'une minute à l'autre.° Il attache sa ceinture de sécurité, mais sans conviction.

—Pour tout le bien que cela peut faire!° murmure-t-il.

A côté de lui, Anatole dort à poings fermés.° Il ronfle° bruyamment, tenant son sac en papier dans ses bras comme un bébé tient son nounours.° Dès qu'il° a su que Germain était bien installé dans le compartiment spécial réservé aux animaux, Anatole s'était endormi tranquille-

d'une humeur exécrable, in a terrible mood

il n'a pas pu . . . nuit, he didn't sleep a wink all night

nuit blanche, sleepless night

pénible, unpleasant

voyage de retour, return trip

avouer, to admit

ailes, wings

s'écraser, to crash

d'une minute à l'autre, any minute

Pour . . . faire!, For all the good it'll do me!

dort à poings fermés, is sleeping like a log

ronfle, snores

nounours, teddy bear

dès que, as soon as

ment, comme s'il avait l'habitude de prendre l'avion tous
les jours. Pourtant, il ne l'avait pris qu'une fois, quinze
ans plus tôt, pour aller au Maroc en voyage de noces.°   **voyage de noces,** honeymoon

    Quelques rangées° devant, Jean-Pierre est assis à côté   **rangées,** rows
de Sonya. Ils ont bavardé ensemble pendant presque tout
le voyage. Monsieur Maurice regarde avec dégoût pendant que Jean-Pierre baise la main de Sonya.

    —Ah, celui-là, qu'est-ce qu'il aime baratiner° les filles!   **baratiner,** to flirt with
Mais, pour une fois, j'espère qu'il saura mêler° le travail   **mêler,** to mix
au plaisir!

    Tout à coup, l'avion tourne brusquement à droite et de-   **pris de panique,** panic-stricken
scend rapidement. Monsieur Maurice est pris de panique.°

    —Ça y est,° c'est la fin! L'avion va s'écraser! se dit-il   **ça y est,** that's it
en se couvrant les yeux.

    L'avion descend de plus en plus vite, et Monsieur Mau-
rice a de plus en plus peur. Soudain, il sent le choc de
l'avion contre le sol. Il s'attend à une explosion, la gorge
serrée.° Mais . . . rien ne se passe.° Il ose enfin° regarder   **la gorge serrée,** with his heart in his mouth
par la fenêtre. L'avion roule sur la piste et s'approche du   **rien ne se passe,** nothing happens
terminus.   **il ose enfin,** he finally gets up his courage

    —Bienvenue à Montréal! annonce le steward.

    Monsieur Maurice a envie de mourir.° Il peut à peine° se   **a envie de mourir,** wants to die
lever quand les passagers débarquent. Anatole ronfle tou-   **à peine,** hardly
jours. Jean-Pierre s'approche de lui et lui dit en riant:

    —Vous n'avez pas l'air très en forme,° patron. Vous   **vous . . . forme,** you don't look like you're in very good shape
n'aimez pas les avions?

    —Non, pas tellement,° répond Monsieur Maurice,   **pas tellement,** not very much
épuisé.

    —Dommage,° dit Jean-Pierre. Enfin, j'ai une bonne   **dommage,** that's too bad
nouvelle à vous annoncer. Nos Russes vont passer le
week-end à Montréal, et Sonya m'a invité à visiter la ville
avec eux cet après-midi. C'est une façon idéale de les
surveiller, n'est-ce pas?

    —Oui, sans doute, répond Monsieur Maurice, sans en-
thousiasme. Tu prendras Ampoulay avec toi. Moi, je vais
aller dormir . . .

Répondez:

1. Pourquoi est-ce que Monsieur Maurice est de mauvaise humeur? Est-ce qu'il aime voyager en avion?
2. De quoi a-t-il peur?
3. Que font Anatole et Jean-Pierre pendant le voyage?
4. Où est Germain?
5. Quels sont les projets de Jean-Pierre pour l'après-midi? Quels sont les projets de Monsieur Maurice?

6   *Quel drôle de pays!*

COMME SONYA leur a donné rendez-vous° à l'Hôtel Iroquois, son hôtel, les trois Français décident de prendre des chambres dans ce même hôtel, qui se trouve dans le Vieux Montréal. Durant le voyage en taxi de l'aéroport à l'hôtel, Monsieur Maurice regarde les autoroutes et les gratte-ciel° de Montréal avec dégoût. Il a horreur de tout ce qui est moderne.° Les gratte-ciel sont tellement hauts qu'ils lui donnent le vertige.° Il trouve qu'ils se ressemblent tous.°

—Décidément, se dit-il, je ne suis pas fait pour vivre au Nouveau Monde.

Anatole est trop absorbé par Germain pour prendre le temps de regarder. Il est si heureux de retrouver son petit chien que le reste ne l'intéresse pas. Jean-Pierre regarde la ville d'un œil distrait.° Il pense à Sonya.

L'orsque le taxi arrive enfin dans le vieux quartier de la ville, Monsieur Maurice pousse un soupir de soulagement.° Les petites rues pavées bordées de vieux bâtiments en pierre lui rappellent les anciens quartiers de Paris. D'ailleurs, tous les noms des rues et les enseignes des magasins sont en français. Il se sent presque chez lui.°
—Dommage qu'il y ait ces maudits gratte-ciel tout autour qui gachent° le paysage! C'est exactement comme à Paris! grogne-t-il°.

Les trois voyageurs sont tirés de leurs pensées° par le

leur . . . rendez-vous, arranged to meet them

gratte-ciel, skyscrapers

Il a horreur . . . moderne., He hates anything modern.
ils . . . vertige, they make him dizzy
ils se ressemblent tous, they all look the same

d'un œil distrait, absentmindedly

pousse . . . soulagement, lets out a sigh of relief

Il se sent presque chez lui., He almost feels right at home.

gâchent, ruin

grogne, grumbles

tirés de leurs pensées, drawn away from their thoughts

son de klaxons° et de cris. C'est le chauffeur de taxi qui se
dispute avec un chauffeur de camion. Le camionneur est
en train de décharger° des meubles devant un immeuble, et
son camion bloque la rue étroite.

—Dépêche-toi, espèce de lambineux!° crie le chauffeur
de taxi, tout en klaxonnant furieusement.

—Hé, laisse-moi en paix!° répond le camionneur, con-
tinuant son travail.

—Mon sacerdoce, tasse-toi!° l'avertit le premier, heurtant le pare-chocs° du camion avec le sien.

—Satrégué, c'est-tu assez fort!° Es-tu fou? crie le
camionneur, courant vers le taxi, les bras en l'air.

—Batèche! Grouille-toi!° hurle° le chauffeur de taxi.
Mais le camionneur ne l'écoute pas. Il examine son
pare-chocs, que le taxi vient d'égratiner.°

—Mon pare-chocs! Je veux que tu me le payes! C'est-y
assez clair?° insiste le camionneur, plein d'indignation.

—Moi, je m'en fiche!° répond le chauffeur de taxi.

—Je vais te tabarnoucher une claque dans la face, tor-
naille!° crie le camionneur, cognant du poing° sur le pare-
brise du taxi.

Le chauffeur de taxi ouvre brusquement la portière et se
jette sur le camionneur.

—Police! crie Monsieur Maurice, qui saute de la voiture en brandissant° sa carte d'inspecteur. Il a horreur de la
violence, et puis il est pressé d'aller dormir.

Les deux Québécois arrêtent de se battre et regardent
Monsieur Maurice avec étonnement. Puis le camionneur
range poliment son camion pour laisser passer le taxi. Le
chauffeur de taxi n'ose rien dire et continue le voyage à
travers le Vieux Montréal, aussi sage qu'un enfant de
chœur.°

Bientôt le taxi arrive sur la Place Jacques-Cartier et s'arrête devant l'Hôtel Iroquois. En payant la course,° Monsieur Maurice remarque que les billets sont écrits en anglais aussi bien° qu'en français.

—Quel drôle de pays!° murmure-t-il.

klaxons, horns

décharger, to unload

**Dépêche-toi . . .
lambineux!**, Hurry up
slowpoke!

Hé . . . paix, Hey, leave me
alone!

Mon . . . toi!, Move over,
buddy!
heurtant le pare-chocs,
bumping the bumper
Satrégué . . . fort!, Hey,
you've got a lot of nerve!

Batèche . . . toi!, Darn it!
Get out of my way!
hurle, yells
vient d'égratiner, has just
scratched

C'est-y assez clair?, Is
that clear?
je m'en fiche, I don't care

Je . . . tournaille!, I'm
going to bash in your
face, you dummy!
cognant du poing,
pounding his fist

brandissant, waving

aussi . . . chœur, as well-
mannered as an altar
boy

en payant la course,
while paying the taxi fare

aussi bien que, as well as

Quel drôle de pays!,
What a strange country!

En attendant leur tour à la réception de l'hôtel, les trois Français écoutent les gens qui parlent autour d'eux, sans comprendre grand-chose.° Un jeune s'approche de Monsieur Maurice et demande:

—Est-ce que vous avez l'air, Monsieur?

—Pardon? demande Monsieur Maurice.

Le jeune répète sa question, mais Monsieur Maurice ne comprend toujours pas.

—*L'air,* dit le jeune, tout en tapotant° son poignet.

—Ah, *l'heure!* Vous voulez savoir quelle *heure* il est, n'est-ce pas? demande Monsieur Maurice.

—Oui, c'est ça,° répond le jeune, s'impatientant° un peu.

—Il est midi moins vingt, dit Monsieur Maurice.

—Kakarnak! J'suis en 'tard!° s'exclame le jeune. Merci, m'sieur, ajoute-t-il en courant vers la porte.

Monsieur Maurice chuchote° à ses compagnons:

—C'est peut-être le français qu'ils parlent ici, mais on a du mal à les comprendre!

Une dame à côté de lui l'entend et commence à rire. Monsieur Maurice rougit et dit:

—Excusez-moi, madame. Ce n'était pas une critique.°

La dame rit encore et puis lui dit:

—Je vois que vous n'avez pas l'habitude du joual, monsieur.

—Du quoi? demande Monsieur Maurice.

—Du joual, répond la dame. C'est la langue populaire parlée au Québec. Le mot *joual* vient de la prononciation locale de *cheval.*

—Ah, bon?° dit Monsieur Maurice. Mais, pourquoi le français des Québécois est si différent du français parlé en France?

—Vous savez peut-être que les Québécois sont les descendants d'un groupe de français qui sont venus coloniser la Nouvelle-France au dix-septième siècle. Ces colons ont amené avec eux le français populaire de l'époque. Dans les trois siècles qui ont suivi, les Québécois sont restés assez isolés de la France, et leur langue a gardé certains traits

sans comprendre grand-chose, without understanding much

tapotant, tapping

c'est ça, that's it
s'impatientant, getting impatient

Karkarnak . . . 'tard! Heavens! I'm late!

chuchote, whispers

Ce . . . critique., I didn't mean to criticize.

Ah, bon?, Really?

du vieux français. Ainsi, on retrouve au Québec certains vieux mots français, tels que° *magasiner* (qui veut dire "faire des achats") et *la débarbouillette* (qui veut dire "gant de toilette"°). Il y a aussi beaucoup d'anglicismes, dûs° au contact continuel des Québécois avec les anglophones des Etats-Unis et du Canada. Le gouvernement québécois essaie de remplacer ces mots anglais par des termes français, mais . . .

tels que, such as

gant de toilette, washcloth
dûs à, due to

La dame s'interrompt quand elle voit le porteur arriver avec ses valises.

—Excusez-moi, monsieur, mais je dois aller à l'aéroport. Bon séjour au Québec!

—Merci, madame, répond Monsieur Maurice. Il est tellement fatigué qu'il n'a pas très bien suivi tout ce qu'elle a dit. Tout ce qu'il veut, c'est trouver son lit et dormir!

*   *   *

Une demi-heure plus tard, Monsieur Maurice ronfle couché sur son lit. Jean-Pierre et Anatole quittent la chambre sur la pointe des pieds° et descendent l'escalier. Anatole tient Germain dans les bras.

sur la pointe des pieds,
on tiptoe

—Heureusement que l'hôtel accepte des chiens. J'avais peur qu'ils nous refusent à cause de Germain.

—Moi aussi, dit Jean-Pierre. Tu sais, Anatole . . . J'aimerais mieux être seul avec Sonya cet après-midi. Tu ne pourrais pas aller te promener quelque part avec Germain?

—Mais le patron a dit que je devais aller avec toi, répond Anatole.

—Ça ne fait rien,° réplique Jean-Pierre. Et de toute façon,° il dort. Ne réveillez pas le chat qui dort,° comme on dit.

ça ne fait rien, it doesn't
matter
de toute façon, anyway
ne réveillez pas . . . dort,
let sleeping dogs lie

—Bon, d'accord. J'amènerai Germain au jardin public. Cela lui fera du bien de courir un peu après ce long voyage.

Sonya attend Jean-Pierre à la réception. Elle court à sa rencontre.°

Elle . . . rencontre., She runs to meet him.

—Venez vite, Jean-Pierre. Ma sœur et son fiancé nous attendent dehors. Nous allons visiter la vieille ville en carrosse.°

en carrosse, in a carriage

—Puis, après, je vous amènerai déjeuner dans un petit restaurant du quartier. D'accord?

Sonya lui fait un grand sourire et lui prend le bras. Jean-Pierre jette un petit clin d'œil complice à Anatole, qui salue Sonya timidement avant d'entrer au bar.

—Un Beaujolais, s'il vous plaît, dit Anatole au garçon. Et un verre d'eau pour mon chien.

Répondez:

1. Où vont les trois Français après leur arrivée à Montréal? Pourquoi?
2. Que pense Monsieur Maurice des autoroutes et des gratte-ciel de Montréal? Que pense-t-il du Vieux Montréal?
3. A quoi pensent Anatole et Jean-Pierre pendant le voyage en taxi?
4. Pourquoi le chauffeur de taxi se dispute avec le camionneur? Qui arrête la dispute?
5. Pourquoi le français populaire des Québécois est-il si différent du français parlé en France?
6. Une demi-heure après leur arrivée à l'hôtel, que fait Monsieur Maurice? Que font Jean-Pierre et Anatole?

7 *Un tour du Vieux Montréal*

DEVANT L'HÔTEL IROQUOIS, Natasha et Dmitri attendent Jean-Pierre et Sonya dans un joli carrosse rouge et noir. Il fait froid, mais sec, et avec le soleil qui brille, on se sent bien dehors.° Sonya et Jean-Pierre s'asseyent sur le banc arrière en face de l'autre couple. Le cocher° se retourne pour les accueillir. C'est un vieillard assez pittoresque, avec une grande barbe blanche et une longue pipe entre les dents. Il porte un vieux manteau de castor° bien usé, une casquette° rouge et de grandes bottes noires. On dirait un bûcheron° échappé des grandes forêts du nord. Il parle avec l'accent savoureux des Québécois:

on se sent bien dehors, it feels good outside
cocher, driver

castor, beaver

casquette, cap

on dirait un bûcheron, he looks like a lumberjack

—Bonjour mes enfants. Je m'appelle Gilbert Laforêt.

—Bonjour, mes enfants. Je m'appelle Gilbert Laforêt. Et lui *(montrant le cheval)*, c'est mon copain Dominique. Il n'y a personne qui connaît le Vieux Montréal mieux que nous. Moi, je suis né dans le quartier et j'y ai passé toute ma vie. Je me souviens du temps où° ce quartier tombait en ruines.° La plupart de ces bâtiments étaient des entrepôts° ou des maisons de clochards.° Ce n'était pas beau à voir!°

Puis, en 1962, la ville de Montréal a formé une commission pour préserver et restaurer le vieux quartier. Depuis vingt ans, la ville a dépensé des millions de dollars pour restaurer les bâtiments publiques et pour subventionner° la restauration des propriétés privées. Aujourd'hui, c'est un beau quartier bien vivant.°

Cette place devant votre hôtel s'appelle la Place Jacques-Cartier, en l'honneur de° l'explorateur français qui en 1634 a pris possession° du Canada au nom de° François Iᵉʳ, roi de France. L'année suivante, Cartier a navigué sur le Saint-Laurent° jusqu'à l'île de Hochelaga, le site de Montréal, qui était habité alors par des Indiens. Plus tard, Champlain a essayé d'y établir une colonie, mais sans succès. Ce n'était qu'en 1642° qu'on a fondé ici la première habitation permanente qu'on a appelée Ville-Marie.

Grâce à sa situation stratégique, Montréal est devenu un important centre de commerce. La ville fleurissait, surtout après le traité de paix signé avec les Indiens en 1701.

Pour protéger la ville contre les Anglais, on construit des fortifications à partir de° 1722. La ville est entourée de fossés° et de murs de pierre de dix-huit pieds de hauteur.° Les Anglais assiègent Montréal, qui doit capituler en 1760. C'est la fin de la Nouvelle-France. Le Canada passe à l'Angleterre.

A la fin du dix-huitième siècle, Montréal vit sous le règne économique de la puissante compagnie du Nord-Ouest, qui assure la prospérité de la ville grâce au commerce des fourrures.° La population grandissante° ne tient plus dans la ville ancienne, et les fortifications sont rasées pour permettre son expansion. Avec l'aménagement° de

---

je me souviens . . . où, I remember the time when
tombait en ruines, was falling to pieces
entrepôts, warehouses
clochards, bums
Ce n'était . . . voir!, It wasn't a pretty sight!

subventionner, to subsidize

bien vivant, lively

en l'honneur de, in honor of
a pris possession, claimed
au nom de, in the name of
Saint-Laurent, St. Lawrence River

ce n'était . . . 1642, it was only in 1642

à partir de, starting in
fossés, moats
de dix-huit . . . hauteur, 18 feet high

commerce des fourrures, fur trade
grandissante, growing
aménagement, fixing up

ses voies d'eau° et de son port, Montréal devient le cœur du Canada.

voies d'eau, waterways

Pendant notre tour de la vieille ville, nous allons revivre les étapes° de l'histoire de Montréal et du Québec. Bon, assez de discours!° Maintenant, vous allez voir par vous-mêmes! Allez-hop!°

étapes, stages
assez de discours, enough talk
Allez-hop!, Giddap!

Dominique se met à marcher doucement à travers les rues étroites. Les quatre jeunes regardent autour d'eux, très impressionnés par la beauté du quartier.

—Ils ont fait du bon boulot!° s'exclame Jean-Pierre. On a du mal à croire° que ces bâtiments tombaient en ruines il n'y a pas très longtemps.

Ils . . . boulot!, They did a great job!
on a du mal à croire, it's hard to believe

—Regardez tous les petits restaurants et les boutiques avec leurs belles vitrines, remarque Sonya. C'est vraiment élégant.

Le carrosse s'approche d'une grande place et s'arrête.

—Voilà la Place d'Armes, dit Gilbert. La statue au milieu représente Paul de Chomedey, Sieur de Maisonneuve qui, en 1642, a fondé Montréal au nom de la Société de Notre-Dame dans le but de° convertir les Indiens au christianisme. Cette première colonie s'appelait Ville-Marie. En 1644, tout près d'ici, Maisonneuve a repoussé° une invasion iroquoise, tuant lui-même le chef des assaillants.

dans le but de, with the goal of
a repoussé, fought off

Gilbert leur montre une grande église à leur droite.

—En face de la Place d'Armes se trouve la Cathédrale Notre-Dame. Terminée en 1829, cette église néo-gothique est un des joyaux de notre passé. Il faudra revenir pour visiter l'intérieur. Ça vaut la visite.°

Ça vaut la visite., It's worth a visit.

Nous arrivons maintenant au plus vieux bâtiment de la ville de Montréal. Derrière le mur de pierre à votre droite se trouve le Séminaire de St-Sulpice, fondé en 1685 par les Sulpiciens. Le même ordre y habite encore. A travers la grille, on peut voir la vieille horloge de bois. C'est la plus vieille de ce genre en Amérique. Elle date de 1710.

—Hue, mon coco!° crie Gilbert pour faire avancer son cheval. Maintenant, nous allons suivre la rue Notre-Dame, qui est la rue principale du quartier. La plupart des

Hue, mon coco!, Giddap, pal!

bâtiments dans cette rue remontent au dix-huitième siècle, et certains jusqu'au dix-septième siècle. Malheureusement, en de nombreux endroits,° il ne reste que° des plaques pour rappeler certains lieux historiques. Par exemple, là-bas, à l'intersection des rues St-Sulpice et St-Paul, il y a une plaque qui marque l'endroit où s'élevait° la résidence de la famille Le Moyne, l'une des plus illustres familles canadiennes. Un des fils Le Moyne, le Sieur d'Iberville, a exploré la Baie Hudson et a fondé les villes de Biloxi au Mississippi et de Mobile en Alabama. Un autre fils, le Sieur de Bienville, a fondé la ville de la Nouvelle-Orléans.

Jean-Pierre se met à rêver des grands explorateurs partis à la découverte° d'un nouveau continent.

—C'est le genre de vie qui m'aurait plu,° se dit-il. Mais ma vie actuelle n'est pas trop désagréable non plus. Et il sourit à Sonya.

Gilbert s'arrête devant un grand bâtiment élégant:

—Ce grand bâtiment à votre gauche est le Vieux Palais de Justice, construit en 1849. A droite, on retrouve la Place Jacques-Cartier. Ce haut monument que vous voyez là est la Colonne Nelson, construit en 1809 en l'honneur de Lord Horatio Nelson, le célèbre amiral anglais.

Gilbert fait avancer son cheval° un peu plus loin, puis l'arrête devant une belle maison tout en pierre.

—Voici le Château de Ramezay, un des plus vieux bâtiments de la ville. Construit en 1705 par Claude de Ramezay, le château a d'abord servi de° maison aux gouverneurs français de Montréal, ensuite de siège de la Compagnie des Indes,° puis de résidence aux gouverneurs anglais du Canada. Pendant l'occupation américaine de Montréal en 1775-76, le château a servi de quartier général° à l'armée américaine et de résidence aux généraux Montgomery, Arnold et Wooster. Aujourd'hui, le château abrite° un excellent musée historique qui raconte l'histoire de Montréal et du Québec.

en de nombreux endroits, in many places
il ne reste que, there only remain
l'endroit où s'élevait, the former site of

partis à la découverte, who went off to explore
qui m'aurait plu, that I would have liked

fait avancer son cheval, moves his horse up

a servi de, was used as

la Compagnie des Indes, East India Company, a powerful British trading enterprise

quartier général, headquarters

abrite, houses

Le carrosse tourne dans une autre rue. Gilbert continue son récit:

—Nous entrons maintenant dans la rue Bonsecours. Au bout de la rue, vous verrez la Chapelle Notre-Dame-de-Bon-Secours,° la plus vieille église de Montréal. Elle était d'abord construite en 1657, puis reconstruite deux fois à la suite° d'incendies. La chapelle actuelle date de 1771. On l'appelle aussi la "Chapelle des Marins" parce qu'elle était très populaire parmi les marins. Plusieurs y ont même laissé des bateaux miniatures que l'on voit suspendus à l'intérieur de l'église. De la tour de l'église, on a une bonne vue sur le port de Montréal, qui est juste derrière le vieux quartier.

Notre-Dame-de-Bon-Secours, Our Lady of Good Help

à la suite de, as a result of

Nous entrons maintenant dans la rue St-Paul. Ce long bâtiment que vous voyez à votre gauche est le Marché Bonsecours, construit en 1852. L'aile ouest du bâtiment a servi d'Hôtel de Ville jusqu'en 1878. La ville de Montréal a dépensé plus de trois millions de dollars pour restaurer le Marché Bonsecours, qui aujourd'hui loge des bureaux municipaux.

Cette partie de la rue St-Paul que nous traversons a été décapée de son asphalte pour découvrir ses anciens pavés.° On a fait la même chose sur la Place Jacques-Cartier, où nous arrivons maintenant. Pour intensifier l'effet, la ville a installé des réverbères° du vieux style. En été, c'est la fête perpétuelle sur la Place Jacques-Cartier. A toutes les heures de la journée et de la nuit, on y voit des musiciens qui jouent pour les touristes et des artistes qui vendent leurs tableaux. Moi, je préfère l'hiver. C'est plus calme.

a été décapée . . . pavés, had its asphalt removed to uncover the old cobblestones

réverbères, streetlights

Gilbert arrête le carrossse devant l'Hôtel Iroquois.

—Voilà, messieurs-dames. J'espère que vous avez bien aimé notre petit tour dans le Vieux Montréal.

—Oh, oui! répond Sonya. Vous êtes le meilleur guide qu'on ait pu trouver!° J'ai vraiment eu l'impression de revivre° l'histoire de la ville.

—Venez déjeuner avec nous, Gilbert, propose Jean-

le meilleur . . . trouver, the best guide ever

j'ai eu l'impression de revivre, I felt as if I were reliving

Pierre. Comme ça, vous pourrez continuer votre récit.

—Avec plaisir, mes enfants, répond Gilbert.

—Alors, allons-y! J'ai une faim de loup!° dit Jean-
Pierre.

J'ai une faim de loup!, I'm hungry as a bear!

Répondez:

1. Comment Jean-Pierre et ses amis visitent-ils le Vieux Montréal?
2. Décrivez Gilbert, leur cocher. Est-il un bon guide? Pourquoi?
3. Quels Européens ont exploré le Canada au dix-septième siècle?
4. Pourquoi Montréal est devenu un important centre de commerce? Quelle était la base de son économie au dix-huitième siècle?
5. Quels sont les deux pays qui ont gouverné le Canada avant son indépendance?
6. Décrivez le Vieux Montréal. Est-ce que le quartier a beaucoup changé depuis vingt ans? Comment a-t-il changé?
7. Où vont Jean-Pierre et ses amis après leur tour dans le Vieux Montréal?

8   *Une rencontre imprévue°*

MONSIEUR MAURICE se réveille à trois heures, après un sommeil agité. Il a fait un long cauchemar° dans lequel il pilotait un avion à travers un ouragan.° Quand il se lève, il est encore plus épuisé que lorsqu'il s'est couché.

imprévue, unexpected

cauchemar, nightmare

ouragan, hurricane

—Maudits avions!° murmure-t-il en s'habillant. Ça va me prendre une bonne semaine pour me remettre de cet affreux voyage!

Maudits avions!, Blasted planes!

Il regarde sa montre:

—Hmm . . . Il n'est que trois heures. J'ai encore deux heures avant le retour des autres. C'est une occasion idéale de fouiller la chambre du Russe. Seulement, il faut savoir quelle chambre.

Monsieur Maurice décroche le téléphone. Une voix de femme dit:

—Hôtel Iroquois.

—Monsieur Breninski, s'il vous plaît. Je crois que c'est la chambre 208.

—Non, Monsieur Breninski occupe la chambre 314.

Attendez un instant, je vais l'appeler . . . Non, il ne répond pas. Voulez-vous laisser un message?

—Non, merci, madame. Je le rappellerai plus tard.

Monsieur Maurice raccroche, très content de lui-même.

—Il est donc au même étage que nous. Ça va faciliter les choses.°

Monsieur Maurice ouvre sa valise et prend une trousse de clefs° qui est cachée dans une chaussette.

—Heureusement j'ai apporté tout mon matériel d'inspecteur.° Je vais en avoir besoin.

Il fouille dans sa valise et en sort un par un° tous les outils de son métier cachés par ci par là° dans des chaussettes, des mouchoirs, des slips. Puis il les recache soigneusement dans des poches secrètes à l'intérieur de sa veste.

—Voyons, est-ce que j'ai bien tout?

Monsieur Maurice fait l'inventaire de ses poches,° vérifiant que tout est à sa place:

—Revolver, balles,° menottes,° loupe,° sifflet,° boussole,° lampe de poche,° couteau, corde, trousse de clefs . . .

Monsieur Maurice enfile° sa veste, qui est devenue assez lourde, et se dirige vers la porte.

—Ah, que je suis bête! J'ai failli oublier° ma carte d'inspecteur! Il faut que je l'aie sur moi° en cas de pépin.° Déjà ce matin, elle m'a bien servi.

La chambre du Russe se trouve à l'autre bout de l'étage. Monsieur Maurice traverse le long couloir à petits pas nerveux, qu'il veut° nonchalants, jetant autour de lui des regards anxieux et méfiants.° Arrivé devant la porte, il jauge la serrure d'un œil expert.° Puis il sort sa trousse de clefs et choisit un des passe-partout.°

—Je crois que celui-ci fera l'affaire.°

Il vérifie qu'il n'y a personne dans le corridor, puis il met la clef dans la serrure. Juste à ce moment-là, la porte d'en face s'ouvre. C'est la bonne.°

Monsieur Maurice essaie de garder son calme, mais il rougit malgré lui.° Il tourne la clef, mais la porte ne s'ou-

---

Ça va faciliter les choses., That'll simplify matters.

trousse de clefs, key ring

matériel d'inspecteur, detective tools

un par un, one by one

par ci par là, here and there

fait l'inventaire de ses poches, checks all his pockets

balles, bullets
menottes, handcuffs
loupe, magnifying glass
sifflet, whistle
boussole, compass
lampe de poche, flashlight
enfile, puts on
j'ai failli oublier, I almost forgot
il faut . . . moi, I must keep it with me
en cas de pépin, in case of trouble

qu'il veut, meant to be

jetant . . . méfiants, casting anxious and suspicious looks all around
jauge . . . d'un œil expert, judges the lock with an expert eye
passe-partout, skeleton key
fera l'affaire, will do the trick
bonne, maid

malgré lui, in spite of himself

vre pas. Puis il essaie de retirer la clef, mais elle reste coin-
cée° dans la serrure.

—Zut, alors! grommelle-t-il entre les dents.°

La bonne s'approche de lui.

—Est-ce que je peux vous aider, monsieur? demande-
t-elle gentiment, sans se douter de rien.°

Monsieur Maurice se sent rougir encore plus.

—Uh . . . Je me suis trompé de clef,° et celle que j'ai
utilisée est coincée dans la serrure.

—Attendez. Laissez-moi faire, dit la bonne.

Elle tourne la clef à droite, puis à gauche, et la retire
sans difficulté. Puis, elle sort le passe-partout de l'hôtel et
lui ouvre la porte.

—Voilà, monsieur, et voici votre clef.

—Merci, mademoiselle, dit Monsieur Maurice, toujours très rouge. Il est tellement ému° qu'il oublie son avarice naturelle° et lui tend un billet d'un dollar.

Les mains tremblantes, Monsieur Maurice referme la
porte derrière lui et regarde autour de lui. Il y a une grande
valise par terre. Il essaie de l'ouvrir, mais elle est fermée à
clef.°

—Zut, alors, je n'ai vraiment pas de chance aujour-
d'hui!

Monsieur Maurice sort sa trousse de clefs encore une
fois et choisit la plus petite. La valise s'ouvre sans difficulté. Il la fouille sans rien trouver. Puis il remarque que la
valise paraît plus profonde de l'extérieur.

—Peut-être qu'il y a un compartiment secret au fond de
la valise, se dit-il. Il examine le fond avec soin.° Sur un des
côtés, il y a un petit bouton noir. Il appuie dessus. Le fond
de la valise cède.

—Ah! J'avais raison! C'est une vraie valise d'espion,
avec un compartiment caché!

Très agité par sa découverte, Monsieur Maurice
enlève le fond de la valise. En-dessous, il ya a trois
grands dossiers. Il commence à les feuilleter.° Ce sont
bien° les documents volés de Deuxième Bureau.

---

coincée, stuck

grommelle . . . les dents, he mutters under his breath

sans se douter de rien, not the least bit suspicious

je me suis trompé de clef, I used the wrong key

ému, agitated

son avarice naturelle, his usual tight-fistedness

fermée à clef, locked

avec soin, carefully

feuilleter, to skim

ce sont bien, they are indeed

Juste à ce moment-là, Monsieur Maurice entend du bruit dans le corridor. Quelqu'un est en train d'ouvrir la porte! Pris de panique, Monsieur Maurice saisit les dossiers et se cache derrière le rideau. La porte s'ouvre, et deux hommes entrent dans la chambre. Monsieur Maurice les regarde par un petit trou dans le rideau.

Les deux hommes examinent la valise ouverte par terre et se mettent à parler dans une langue étrangère. Monsieur Maurice croit reconnaître° le russe. Mais il n'a pas besoin de comprendre les paroles pour savoir que les deux hommes sont fort contrariés.° Ils fouillent le reste de la chambre, sans rien trouver.

croit reconnaître, thinks he recognizes

fort contrariés, very annoyed

Les deux inconnus se parlent encore entre eux. Puis ils s'asseyent, en regardant leurs montres. Monsieur Maurice regarde la sienne. Il est quatre heures cinq.

—J'espère qu'ils ne vont pas attendre le retour du Russe! se dit-il, inquiet. Car, si c'est leur intention, j'en ai pour une bonne heure à me cacher ici!°

j'en ai . . . ici, I'll be hiding here for a good hour

Un des hommes sort deux gros cigares de sa poche et en offre un à son compagnon. L'autre l'accepte avec un petit grognement de plaisir.° Bientôt la chambre se remplit d'une fumée épaisse.° Monsieur Maurice est très sensible° à la fumée, parce qu'il est un peu asthmatique. Il a horreur des cigarettes et encore plus des cigares, qui lui donnent mal à la tête et mal au cœur.° Il couvre son nez de son mouchoir, mais la fumée l'atteint quand même. Il a envie de tousser,° mais il n'ose pas faire du bruit. Des perles de sueur lui coule sur le visage,° mais il n'ose pas s'essuyer. Il a peur de bouger.

avec . . . plaisir, with a little grunt of pleasure

se remplit . . . épaisse, is filled with a thick cloud of smoke

sensible, sensitive

mal au cœur, nausea

tousser, to cough

des perles . . . visage, drops of sweat run down his face

Monsieur Maurice sent son cœur battre de plus en plus vite. Sa tête lui fait tellement mal° qu'il a l'impression qu'elle va éclater.°

lui fait tellement mal, hurts so much

éclater, to explode

—Mon Dieu, sauvez-moi! gémit-il doucement.

Les deux étrangers continuent à fumer. L'un° retire une petite bouteille de sa poche et l'offre à l'autre. C'est de la vodka. Monsieur Maurice se sent de plus en plus malade. Il tourne son poignet légèrement à gauche pour regarder sa

l'un, one of them

montre. Il est quatre heures vingt-cinq.

Les minutes s'écoulent° lentement, péniblement. C'est l'heure la plus longue de sa vie. Jamais il ne s'est senti aussi mal à l'aise.°

Après ce qui lui semble une éternité, Monsieur Maurice entend des voix à la porte. Il reconnaît la voix mielleuse° de Jean-Pierre qui dit:

—Eh bien, au revoir, et merci pour cet après-midi si agréable. J'espère que j'aurai le plaisir de vous revoir avant votre départ.

Monsieur Maurice entend le murmure d'autres voix, puis une voix de femme qui propose:

—Voulez-vous venir avec nous ce soir? Nous allons visiter Terre des Hommes,° puis nous pensions aller dans un cabaret pour écouter des chansonniers.°

—Avec plaisir, répond Jean-Pierre.

—Bon . . . Venez nous rejoindre vers six heures et demie. Nous allons prendre une heure pour nous reposer, dit la femme.

—D'accord. A tout à l'heure!° dit Jean-Pierre.

—A tout à l'heure! répondent les autres.

La porte s'ouvre. Dmitri entre seul. Il regarde la valise ouverte par terre, puis les deux hommes assis sur son lit. Tout le monde reste très calme, à l'exception de Monsieur Maurice, qui est en proie à une angoisse croissante.°

Après un long silence, les trois hommes se mettent à parler. Monsieur Maurice ne comprend rien, car ils se parlent en russe. Un des inconnus se fâche° et, la voix menaçante°, pose une question a Dmitri. Dmitri répond d'une maniere nonchalante, en haussant les épaules.° L'autre se jette sur lui et le pousse contre le mur. Ses grosses mains serrent Dmitri par la gorge. L'autre Russe sort un revolver de sa poche, prêt à intervenir. Dmitri arrive à placer quelques mots,° et son assaillant le lâche.°

Derrière le rideau, Monsieur Maurice suit cette scène, perplexe.

—Il y a quelque chose qui cloche ici,° pense-t-il. On

s'écoulent, go by

Jamais . . . l'aise., Never had he felt so uncomfortable.

mielleuse, sugary

Terre des Hommes, a huge exhibition and entertainment center in downtown Montréal, originally the site of Expo '67

chansonniers, Quebec folksingers

A tout à l'heure!, See you later!

qui . . . croissante, who feels a growing anguish

se fâche, becomes angry

la voix menaçante, with a threatening voice

haussant les épaules, shrugging his shoulders

arrive . . . mots, manages to say a few words

lâche, lets go

il y a . . . ici, something's fishy here

—On dirait que notre espion russe a des ennuis avec ses supérieurs.

dirait° que notre espion russe a des ennuis avec ses supérieurs.

> **on dirait,** it seems

Sous le regard méfiant° de ses deux compatriotes, Dmitri déplie° une carte sur le lit et leur indique un certain endroit. Monsieur Maurice voit que c'est une carte de Montréal et il entend les mots «Gare Windsor, Place Bonaventure».

> **sous le regard méfiant,** under the watchful eye
> **déplie,** unfolds

Après quelques minutes, les trois Russes se lèvent, mettent leurs manteaux et sortent.

Monsieur Maurice pousse un grand soupir de soulagement.° Il attend que les pas s'éloignent° dans le corridor. Puis, avec les documents cachés à l'intérieur de son manteau, il quitte la chambre sans bruit.

> **pousse . . . soulagement,** lets out a great sigh of relief
> **attend . . . s'éloignent,** waits until the sound of footsteps grows fainter

Répondez:

1. Comment Monsieur Maurice découvre-t-il le numéro de la chambre du Russe? Pourquoi veut-il savoir quelle chambre il occupe?
2. Qu'est-ce que Monsieur Maurice cachait dans sa valise? Où les met-il avant de quitter sa chambre?
3. Est-ce que Monsieur Maurice réussit à ouvrir la porte du Russe sans problème? Qui l'ouvre enfin?
4. Où le Russe a-t-il caché les documents volés? Est-ce que Monsieur Maurice est le seul qui les cherche?
5. Pourquoi Monsieur Maurice doit-il se cacher derrière le rideau? Est-ce que le temps lui semble long? Pourquoi?
6. Dmitri est-il en bons termes avec ses supérieurs? Comment le sait-on?

9   *Les poursuivants poursuivis°*

MONSIEUR MAURICE entre en trombe° dans sa chambre. Il court vers son lit, soulève le matelas° et cache les documents en-dessous. Vautré° sur le lit d'à côté,° Jean-Pierre regarde cette opération avec une curiosité amusée. Mais on ne s'amuse jamais longtemps avec Monsieur Maurice.

> **les poursuivants poursuivis,** pursuing the pursuers
> **entre en trombe,** bursts
> **soulève le matelas,** lifts up the mattress
> **vautré,** sprawled out
> **d'à côté,** nearby
> **suis-moi,** follow me

—Lève-toi, mets ton manteau et suis-moi!° lui crie son patron.

—Pourquoi? Qu'est-ce qui se passe?

—Je n'ai pas le temps de t'expliquer. Où est Anatole?

—Il se promène quelque part avec Germain, répond Jean-Pierre, mettant son manteau.

—Naturellement! Il n'est jamais là quand on a besoin de lui! grommelle Monsieur Maurice. Il faut que je lui laisse un mot.° **Il faut . . . mot.**, I have to leave him a note.

Il arrache une feuille du petit carnet° qu'il porte toujours sur lui et griffonne° les mots suivants: **il arrache . . . carnet**, he tears a sheet of paper out of the notebook
griffone, scribbles

ANATOLE:

    Ne quitte pas la chambre avant notre retour. Les documents volés sont cachés sous mon matelas. Nous allons suivre Dmitri et deux autres agents russes à la Gare Windsor, Place Bonaventure. Téléphone à Monsieur Belloir pour lui dire que nous avons récupéré les documents, mais que la vie de Dmitri semble être en danger. Deux agents russes l'ont menacé, puis l'ont plus ou moins° kidnappé. SURTOUT, NE QUITTE PAS LA CHAMBRE! **plus ou moins,** more or less

M. Maurice

Monsieur Maurice laisse le petit mot sur le lit d'Anatole, puis court à la porte. Jean-Pierre le suit, perplexe.

Par hasard,° il y a un taxi juste devant l'hôtel. Monsieur Maurice ouvre la portière, pousse Jean-Pierre dedans et s'assied à côté de lui. **par hasard,** by chance

—Gare Windsor! Nous sommes très pressés! lui crie-t-il.

—Si vous êtes si pressés que ça,° vous feriez mieux° de prendre le métro, leur conseille le chauffeur de taxi. Vous irez deux fois plus vite, car c'est maintenant l'heure de pointe° et toutes les rues en ville sont bloquées. Si vous voulez, je peux vous déposer à la station Champ-de-Mars. C'est à deux rues d'ici.° **si . . . que ça,** if you're in that much of a hurry
vous feriez mieux, you'd better

l'heure de pointe, rush hour

C'est à deux rues d'ici., It's two blocks from here.

—D'accord, répond Monsieur Maurice. En général, il a horreur des métros, mais le temps presse.° **le temps presse,** time is running short

Cinq minutes plus tard, le taxi les dépose à la station de métro. Ils paient la course et descendent les marches° **marches,** steps quatre à quatre.° Un train de métro vient d'arriver, et ils courent pour l'attraper.

Le train repart. Tout essoufflés,° Monsieur Maurice et Jean-Pierre se laissent tomber sur° un banc.

—Ce métro est drôlement bien fait!° remarque Jean-Pierre. On n'entend presque pas de bruit, et il est très propre. Dans mon guide, j'ai lu que le métro de Montréal est l'un des meilleurs systèmes du monde. La ville a embauché des architectes et des artistes les plus doués° de la province pour faire un métro qui serait à la fois° beau et efficace.° Ils ont drôlement bien réussi!°

—Oui, oui, sans doute, répond Monsieur Maurice, distrait. Mais je te rappelle que nous ne sommes pas ici en touristes.° Bon, maintenant laisse-moi t'expliquer ce qui est arrivé.

Mais avant que Monsieur Maurice puisse continuer,° une voix annonce par le haut-parleur:

—Prochain arrêt: Place d'Armes.

Monsieur Maurice est pris de panique.

—Mais, est-ce qu'on va dans le bon sens?° demande-t-il à Jean-Pierre.

—Attendez! Il y a une carte de métro sur le mur là-bas. Je vais aller voir.

Jean-Pierre revient un instant après, l'air rassuré.°

—Ça va. On l'a pris dans le bon sens. Après la Place d'Armes, il y a le Square Victoria, puis la Place Bonaventure . . . Alors, qu'est-ce que c'est que cette histoire?°

Monsieur Maurice reprend son souffle,° puis raconte à Jean-Pierre tout ce qui s'est passé. A peine a-t-il terminé son récit que° c'est déjà le moment de descendre.

Bien qu'ils soient très pressés,° Monsieur Maurice et Jean-Pierre sont tellement impressionnés par la station de métro qu'ils s'arrêtent un instant pour l'admirer. Ils n'en ont jamais vu une si grande et si belle. Il y a des sculptures modernes, des fontaines et des plantes. Des plafonds hauts de deux étages sont pendues° des bannières colorées.

---

quatre à quatre, four at a time

tout essoufflés, all out of breath
se laissent tomber sur, drop onto
drôlement bien fait, really well designed

doués, talented
à la fois, both
efficace, efficient
Ils . . . réussi!, They really did a great job!

en touristes, as tourists

avant que . . . puisse continuer, before (he) can go on

est-ce . . . bon sens?, are we going in the right direction?

l'air rassuré, looking reassured

Alors . . . histoire?, So, what's the story?
reprend son souffle, catches his breath

à peine . . . récit que, he hardly has time to finish his story before
bien qu'ils . . . pressés, although they're in a big hurry

des plafonds . . . pendues, from two-story ceilings are hung

—Ça fait plus° musée d'art que station de métro! remarque Jean-Pierre. Et puis, regardez là-bas! Il y a des magasins, des restaurants, même un cinéma! C'est toute une ville souterraine!°

Un homme à l'air sérieux° passe devant eux. Monsieur Maurice lui demande poliment:

—Pardon, monsieur. Savez-vous où se trouve la Gare Windsor?

—Justement,° j'y vais moi-même. Venez avec moi, répond l'homme, souriant. C'est à cinq minutes de marche.°

Monsieur Maurice et Jean-Pierre le remercient et le suivent dans un large passage souterrain bordé de magasins et de boutiques. Les vitrines sont très élégantes et bien présentées.

Après quelques minutes de marche Monsieur Maurice demande, un peu inquiet:

—Nous arrivons bientôt à la sortie?

Le monsieur répond en riant:

—Mais non! Ce passage souterrain nous mène directement à la gare! Ça fait partie de° l'immense réseau piétonnier souterrain° qui relie° tous les bâtiments principaux du centre-ville.° Sans mettre les pieds dehors,° on peut aller dans des centaines de magasins et de restaurants, au cinéma, au théâtre, même à la Bourse.° C'est très commode,° surtout en hiver quand il fait si froid.

—J'étais très impressionné par la station de métro, Place Bonaventure, dit Jean-Pierre. Est-ce que toutes les stations sont comme ça?

—Chaque station de métro est différente des autres, mais elles sont toutes bien conçues.° Par exemple, la station Place des Arts ressemble à une cathédrale. Il y a un énorme vitrail° qui mesure 80 pieds de large° et 45 pieds de haut.° Dans une autre station de métro, on voit une grande mosaïque qui représente les étoiles et les signes du zodiaque . . . Ah, nous voilà à la gare!

ça fait plus, it seems more like

souterraine, underground

à l'air sérieux, serious looking

justement, as a matter of fact

à cinq minutes de marche, a five-minute walk

ça fait partie de, it's part of
réseau piétonnier souterrain, network of underground pedestrian walkways
relie, connects
centre-ville, downtown
sans mettre . . . dehors, without setting foot outside
Bourse, stock exchange
commode, convenient

bien conçues, well designed

de large, wide
de haut, high

Monsieur Maurice et Jean-Pierre le remercient de son aide° et lui, à son tour,° leur souhaite un bon séjour au Québec.

> **de son aide,** for his help
> **à son tour,** in turn

Après son départ, Monsieur Maurice se tourne vers Jean-Pierre et dit:

—Cette gare est tellement grande que nous aurons du mal à trouver Dmitri et ses deux compatriotes. Je crois que nous ferions mieux de nous séparer.° Nous aurons plus de chances pour les trouver. Retrouve-moi ici° dans une demi-heure—donc à six heures et quart.

> **nous . . . séparer,** we'd better split up
> **retrouve-moi ici,** meet me back here

—Bien, chef. Bonne chance! répond Jean-Pierre.

Ils se séparent. Jean-Pierre va vers la salle d'attente, Monsieur Maurice vers les quais. Comme c'est l'heure de pointe, la gare est bondée de gens qui rentrent chez eux. Monsieur Maurice n'aime pas les foules. Ça lui donne la claustrophobie.

—Jamais on ne trouvera Dmitri parmi tant de monde! se lamente-t-il. J'aurais dû les suivre° tout de suite, sans chercher Jean-Pierre. Maintenant, c'est trop tard!

> **j'aurais dû . . . suivre,** I should have followed them

Monsieur Maurice passe devant la consigne.° Il s'arrête un instant pour se moucher.° Lorsqu'il retire son mouchoir, il voit juste devant lui Dmitri et ses deux compatriotes. Ils attendent leur tour à la consigne.

> **consigne,** baggage room
> **se moucher,** to blow his nose

Monsieur Maurice se cache en vitesse° derrière un pilier et regarde les trois Russes. Celui avec le revolver suit Dmitri de près° avec la main dans la poche. Dmitri arrive enfin devant le guichet et fait semblant de chercher° son ticket dans ses poches, sans le trouver. Il se met à discuter avec l'employé, qui secoue lentement la tête. Monsieur Maurice est trop loin pour entendre la conversation, mais il comprend que Dmitri essaie de gagner du temps parce qu'il n'a plus les documents.

> **en vitesse,** quickly
> **suit . . . de près,** follows close behind
> **fait semblant de chercher,** goes through the motions of looking for

Tout à coup, Dmitri s'élance vers° les quais, poursuivi des deux Russes. Monsieur Maurice les suit en courant et arrive sur les quais juste à temps pour voir Dmitri sauter dans un train qui part. Les Russes le regardent partir, furieux. Ils agitent leurs poings dans l'air.

> **s'élance vers,** makes a run for

Monsieur Maurice est heureux que Dmitri se soit échappé,° sans savoir pourquoi. Il a l'impression que Dmitri n'est qu'une victime dans cette histoire et que les vrais vilains sont les deux Russes qui le poursuivent.

que ... se soit échappé, that Dmitri has escaped

Un porteur passe à côté de lui, poussant un chariot chargé de valises. Monsieur Maurice lui demande:

—Où va le train qui vient de partir sur le quai numéro 4?

—A Québec, monsieur, répond le porteur.

—A quelle heure arrive-t-il?

—A neuf heures quarante-trois, monsieur.

—Est-ce que le train s'arrête quelque part avant d'arriver à Québec?

—Non, c'est un train direct, répond l'autre.

—A quelle heure part le prochain train pour Québec?

—Attendez . . . Je vais voir. Le porteur consulte un grand tableau où est posté l'horaire des trains, puis il répond: A neuf heures dix.

—Merci bien, monsieur, lui dit Monsieur Maurice.

Lorsqu'il retrouve Jean-Pierre, Monsieur Maurice dit:

—Il faut rentrer à l'hôtel tout de suite pour chercher nos valises. On prend le train de neuf heures pour Québec.

Répondez:

1. Où vont Monsieur Maurice et Jean-Pierre? Pourquoi? Comment y vont-ils?
2. Décrivez le métro de Montréal. Est-ce un bon système? Pourquoi?
3. Comment va-t-on de la station de métro à la Gare Windsor?
4. Où Monsieur Maurice trouve-t-il les trois Russes? Que font-ils?
5. Comment Dmitri échappe-t-il des deux autres Russes? Quelle est la réaction de Monsieur Maurice?
6. Pourquoi Monsieur Maurice veut-il rentrer à l'hôtel?

10 *Les documents ont disparu!*

LORSQU'ILS RENTRENT à l'hôtel, ils trouvent Anatole endormi sur son lit. Germain dort à côté de lui, la tête posée sur le bras de son maître. Sur la table de nuit, il y a une bouteille de vin rouge bien entamée.° Anatole ronfle. Un léger sourire flotte sur ses lèvres.°

—A-NA-TOLE! crie Monsieur Maurice.

Anatole se réveille en sursaut en se frottant les yeux.°

—Oui, chef? répond-il, la voix lourde de sommeil.°

—As-tu rempli mes instructions? demande Monsieur Maurice.

—Quelles instructions? demande Anatole, d'un air innocent.°

—Sur la feuille que j'ai laissée sur ton lit! hurle Monsieur Maurice, exaspéré.

—Quelle feuille? demande Anatole, perplexe.

Pris de panique, Monsieur Maurice court à son lit et soulève le matelas. Les documents ont disparu! Monsieur Maurice s'effondre° sur son lit, le regard égaré.° Anatole le regarde avec une curiosité mêlée de crainte.°

On entend frapper à la porte. Jean-Pierre ouvre. C'est Sonya. Elle a l'air bouleversé.°

—Bonsoir, Sonya, dit Jean-Pierre. Excusez-moi d'être en retard. J'ai eu, uh, un rendez-vous d'affaires° et je ...

Sonya l'interrompt:

—Arrête de jouer cette comédie avec moi!° Quand tu n'es pas venu à six heures et demie, je suis venue à ta chambre. Personne n'a répondu, mais la porte était ouverte.

—Idiot! Pourquoi as-tu laissé la porte ouverte? crie Monsieur Maurice à Jean-Pierre.

—Alors, continue Sonya, je suis entrée pour voir si tu t'étais endormi. J'ai vu le petit mot que Monsieur Maurice a laissé pour Anatole. J'ai pris les documents et j'ai couru les montrer à ma sœur. Natasha a essayé de contacter Monsieur Belloir à Paris, mais il n'était pas chez lui. Il doit la rappeler à son retour.

Sonya s'arrête un instant pour essuyer quelques larmes qui sont tombées sur sa joue,° puis à brûle-pourpoint° elle demande:

—Où est Dmitri?

---

bien entamée, half-empty

Un léger . . . lèvres., A vague smile plays on his lips.

se frottant les yeux, rubbing his eyes

lourde de sommeil, very sleepy

d'un air innocent, looking very innocent

s'effondre, collapses
le regard égaré, with a haggard, bewildered look on his face
mêlée de crainte, mixed with fear
Elle . . . bouleversé., She looks very upset.

rendez-vous d'affaires, business meeting

Arrête . . . avec moi!, Stop playing games with me!

joue, cheek
à brûle-pourpoint, point-blank

—Il s'est échappé des deux Russes qui le poursuivaient, et il a pris le train pour Québec, répond Monsieur Maurice. Puis il ajoute doucement: Maintenant, j'aimerais parler à votre sœur, mademoiselle.

—Oui, monsieur. Elle voudrait sûrement parler avec vous aussi. Venez avec moi.

Monsieur Maurice suit Sonya à la porte. Mais avant de quitter la chambre, il se retourne vers Jean-Pierre pour dire:

—Prépare toutes les valises et règle la note d'hôtel!° On part pour la gare dans une demi-heure! Et toi, Anatole, RÉVEILLE-TOI!

—Oui, chef! répond Anatole et Jean-Pierre en même temps.

*   *   *

Lorsque Sonya et Monsieur Maurice arrivent à la chambre de Natasha, ils trouvent celle-ci° au téléphone. Elle a des yeux rouges et de grosses larmes lui tombent sur les joues pendant qu'elle écoute.

—Oui, mon amour, je t'aime, murmure-t-elle. Puis elle raccroche et se met à° pleurer doucement.

Sonya s'assied près de sa sœur et l'entoure de son bras.° Elle lui dit quelques mots en russe. Natasha regarde Monsieur Maurice et reprend son calme.

—C'est Dmitri qui vient de me téléphoner, dit-elle.

Monsieur Maurice ne croit pas ses oreilles.°

—Mais, il n'est que sept heures et demie! Son train n'arrive pas à Québec avant neuf heures et demie!

—Il a sauté du train à Berthierville. C'est une petite ville à 50 kilomètres de Montréal.

—Qu'est-ce qu'il vous a dit, mademoiselle?

—Qu'il veut demander l'asile politique° du gouvernement canadien et rester au Canada avec moi. Mais il a peur et il veut du temps pour réfléchir.

—Il va vous rappeler? demande Monsieur Maurice.

règle la note d'hôtel, pay the hotel bill

celle-ci, her

se met à, starts to

l'entoure de son bras, puts her arm around her

ne croit pas ses oreilles, can't believe his ears

asile politique, political asylum

—Oui, répond Natasha. Il m'a dit d'aller chez mon frère à Québec. Il me contactera chez lui dans quelques jours.

Le téléphone sonne.

—Ça doit être° Monsieur Belloir, dit Monsieur Maurice. Vous permettez?°

—Oui, bien sûr, répond Natasha.

Monsieur Maurice décroche. C'est bien Monsieur Belloir.° Monsieur Maurice lui explique la situation et lui demande des instructions.

—Allez tout de suite à Québec et attendez que Dmitri reprenne contact avec° Natasha, dit Monsieur Belloir. En attendant, j'alerterai mon agent à Québec pour qu'il soit prêt° à intervenir en cas d'urgence. Je veux que vous restiez avec Natasha pour la protéger. Il est très possible que les deux Russes essaient de la kidnapper pour avoir les documents. Quant aux documents,° j'aimerais qu'ils soient remis° à mon agent à Québec dès que possible.° C'est l'Agent Lechamps. Je vous ai donné son numéro. Téléphonez-moi une fois par jour pour me tenir au courant.°

—Oui, Monsieur Belloir.

—Vous faites du bon travail, Maurice. Je ne manquerai pas de le dire à votre patron.

—Merci, Monsieur Belloir.

—Maintenant, j'aimerais dire quelques mots à Natasha, demande Monsieur Belloir.

—Je vous la passe,° dit Monsieur Maurice, en donnant le récepteur à Natasha.

Natasha parle avec son patron pendant quelques minutes et puis raccroche. Elle sourit à sa sœur et lui dit:

—Monsieur Belloir m'a promis de faire tout son possible° pour aider Dmitri s'il décide de demander l'asile du gouvernement canadien. J'ai tellement honte° de lui avoir causé tant d'ennuis, mais il insiste que ce n'est pas ma faute.

—Bien sûr que non, mademoiselle! l'assure Monsieur

ça doit être, that must be

Vous permettez?, May I take the call?

C'est bien M. Belloir., It is indeed M. Belloir.

reprenne contact avec Natasha, contacts Natasha again

pour qu'il soit prêt, so that he's ready

quant aux documents, as for the documents

j'aimerais . . . remis, I want them to be turned over

dès que possible, as soon as possible

me tenir au courant, to keep me informed of what's going on

je vous la passe, here she is

tout son possible, everything he can

j'ai tellement honte, I'm so ashamed

Maurice, très galant.

Il se penche° pour ramasser les trois dossiers sur le bureau de Natasha et les met sous son bras d'un geste protecteur.° Puis il addresse les deux femmes:

—Maintenant, il faut préparer notre départ. Il est déjà
huit heures, et notre train part de la Gare Windsor à neuf
heures dix.

—Nous serons prêtes dans dix minutes, répond Sonya.

se penche, bends forward
**les met . . . d'un geste
protecteur,** tucks them
protectively under his
arm

Répondez:

1. Que fait Anatole lorsque Monsieur Maurice et Jean-Pierre rentrent à l'hôtel? A-t-il
   rempli les instructions de Monsieur Maurice? Pourquoi?
2. Qui a pris les documents?
3. Pourquoi Monsieur Maurice est-il surpris que Dmitri téléphone à Natasha? Que dit
   Dmitri à Natasha?
4. Quelles sont les instructions de Monsieur Belloir? Que promet-il à Natasha?
5. Pourquoi Monsieur Maurice est-il si pressé de quitter l'hôtel?

11 *En route vers Québec*

—ENCORE UNE HEURE, et nous serons à Québec, annonce
Monsieur Maurice, regardant sa montre.

—Heureusement! soupire° Sonya, assise sur le banc en
face de lui. Nous étions tellement préoccupées ce soir que
nous n'avons pas eu le temps de dîner. Et maintenant, je
meurs de faim!°

—Moi aussi, dit Jean-Pierre, souriant. Mais la compagnie a été si agréable que j'ai complètement oublié que
j'avais faim.

—Venez manger au restaurant de mon frère, propose
Sonya. Il nous attend pour minuit° et il va nous préparer un
bon petit souper. Ça va nous faire oublier toutes les émotions de la journée.°

—Avec plaisir,° répond Jean-Pierre.

—Vous êtes invités aussi, Messieurs Maurice et Ampoulay . . . Et toi aussi, Germain! ajoute-t-elle, souriant

soupire, sighs

je meurs de faim, I'm
starving

il . . . pour minuit, he's
expecting us around
midnight
Ça va . . . journée., That
will help us forget all the
excitement today.
avec plaisir, I'd love to

au petit chien. Je demanderai à mon frère de te trouver un bon os à grignoter.°

Assis sur les genoux de son maître,° Germain remue la queue et aboie en signe de remerciement.°

—Merci, mademoiselle, répondent Anatole et Monsieur Maurice en même temps.

Ce sera si agréable de revoir Alexandre, n'est-ce pas Natasha? dit Sonya à sa sœur. Ça fait un an et demi depuis° sa dernière visite en France.

—Oui, c'est vrai, répond Natasha, souriant faiblement. Mais il est évident qu'elle pense à Dmitri et qu'elle s'inquiète pour lui.

Jean-Pierre remarque l'air triste de Natasha° et essaie de la divertir un peu.

—Je vais demander à Anatole de nous raconter ses aventures à Montréal, se dit-il. Ce clown fait toujours rire° tout le monde!

—Alors, Anatole, qu'est-ce que toi tu as fait° cet aprèsmidi? demande Jean-Pierre.

—*Moi?* demande Anatole, étonné.

—Enfin, toi et Germain, précise Jean-Pierre.

—Eh bien, nous nous sommes promenés au Parc du Mont-Royal.° Germain y a rencontré l'amour de sa vie! Elle s'appelle Dolly. Et devinez quelle sorte de chien!

—Une pékinoise? demande Sonya.

—Non, dit Anatole.

—Une teckel?° propose Natasha.

Anatole secoue la tête.

—Un berger allemand? suggère Jean-Pierre, riant.

—Non, répond Anatole. Mais c'est toi le plus près!° Germain est tombé amoureux° d'un chien esquimau!°

—Un chien esquimau! Mais, c'est énorme! s'exclame Monsieur Maurice.

—Vraiment, Germain, dit Natasha, tu te fais des illusions de grandeur!°

—C'est ce que je lui ai dit, mais il ne voulait pas m'écouter, dit Anatole. Germain a même insisté pour que

---

un bon os à grignoter, a nice bone to chew on

sur les genoux . . . maître, on his master's lap

en signe de remerciement, to show his gratitude

ça fait un an et demi depuis, it's been a year and a half since

remarque l'air triste de Natasha, notices how sad Natasha looks

fait . . . rire tout le monde, always makes everybody laugh

qu'est-ce que toi . . . fait, what did *you* do

Parc du Mont-Royal, large park north of downtown Montréal

teckel, dachshund

c'est toi le plus près, you're the closest

est tombé amoureux de, fell in love with

chien esquimau, Alaskan husky

tu te fais . . . grandeur, you're being a bit over-ambitious

j'invite° Dolly et sa maîtresse à faire un tour en traîneau° avec nous.

—C'est le chien esquimau que a tiré le traîneau? demande Jean-Pierre, taquin.°

Tout le monde éclate de rire,° mais Anatole répond, très sérieux:

—Non, le traîneau était tiré par un grand cheval blanc. C'était très romantique! J'étais assis sur un banc avec Germain, et Dolly et Madame Lafleur étaient assises en face de nous.

—Qui est Madame Lafleur? demande Monsieur Maurice.

—Mais . . . la maîtresse de Dolly, répond Anatole, rougissant un peu.

—Ah! Et comment est-elle? demande Jean-Pierre, toujours intéressé par les femmes.

—Une gentille veuve° d'une quarantaine d'années.° Très petite et douce. Elle me rappelle° ma pauvre femme, Germaine, ajoute Anatole avec un soupir.

—Elle habite Montréal? demande Sonya.

—Non, elle habite la ville de Québec, répond Anatole. Elle est venue passer quelques jours avec son fils, qui fait des études de droit° à McGill University.

—Alors, vous allez peut-être la revoir à Québec, dit Sonya.

—Ah, oui! Je n'y avais pas pensé!° exclame Anatole, tout heureux à l'idée.° Germain serait si content de revoir Dolly!

—Et avoue que toi, tu ne serais pas mécontent de revoir° la maîtresse! taquine Jean-Pierre.

Anatole rougit.

—Elle t'a donné son addresse? demande Sonya.

—Oui, répond Anatole, rougissant de plus en plus. Vingt-neuf, rue St-Louis.

—Mais, c'est tout près° du restaurant de mon frère! s'exclame Sonya. Vous allez certainement revoir votre amie, Anatole. Et la tienne aussi,° Germain!

pour que j'invite, for me to invite
faire un tour en traîneau, to go for a sleigh ride
taquin, teasing
éclate de rire, bursts out laughing
veuve, widow
d'une quarantaine d'années, about forty years old
elle me rappelle, she reminds me of
qui fait . . . droit, who's studying law
Je n'y avais . . . pensé!, I hadn't thought about it!
tout heureux à l'idée, very pleased at the idea
tu ne serais pas mécontent de revoir, you wouldn't mind seeing again
tout près de, right near
la tienne aussi, yours (your friend), too

Germain remue la queue, comme il fait chaque fois qu'on parle de lui. Anatole sourit doucement et se met à rêver de la gentille Madame Lafleur.

Répondez:

1. Que propose Sonya aux trois Français?
2. Où Anatole a-t-il passé l'après-midi?
3. De qui a-t-il fait la connaissance?
4. Germain est tombé amoureux de quelle sorte de chien? Comment s'appelle le chien?
5. Qu'est-ce qu'Anatole et Germain ont fait avec leurs nouvelles amies?
6. Est-il possible qu'Anatole revoie Madame Lafleur à Québec? Pourquoi?

12   *Aux Anciens Canadiens*

UN PEU AVANT MINUIT, Natasha et Sonya arrivent au restaurant de leur frère, accompagnées de Jean-Pierre, d'Anatole et de Monsieur Maurice. Le restaurant, Aux Anciens Canadiens, se trouve dans la rue St-Louis au cœur du Vieux Québec.°

Alexandre embrasse ses deux sœurs et sourit aux trois policiers, en leur serrant la main.°

—Bienvenus à Québec, messieurs, dit-il. Sonya m'a dit que vous prenez bien soin° d'elle et de Natasha. Permettez-moi d'exprimer ma reconnaissance° envers vous pour tout ce que vous faites pour elles et pour Dmitri. Maintenant, asseyez-vous à cette table. Je vous ai préparé un petit festin° pour fêter votre arrivée.

Les cinq voyageurs se mettent à table.° Les bonnes odeurs de cuisine et le charme du restaurant leur font oublier° tous les problèmes de la journée. Même Natasha se met à sourire et à bavarder gaiement avec les autres.

—Ce restaurant est vraiment agréable, remarque Jean-Pierre, en admirant les meubles anciens° et les nappes à carreaux bleus et blancs.°

le Vieux Québec, oldest part of Quebec City

en leur serrant la main, while shaking their hands

vous prenez bien soin, you're taking good care

permettez . . . reconnaissance, please accept my thanks

festin, feast

se mettent à table, sit down at the table

leur font oublier, help them forget

meubles anciens, antique furniture

nappes . . . blancs, blue and white checked tablecloths

—C'est un des restaurants les plus célèbres de la ville, répond Natasha. Il est connu pour sa cuisine et pour son décor rustique.

—La salle à manger occupe la vieille maison Jacquet, construit en 1675. C'est un des plus vieux bâtiments de la ville, ajoute Sonya.

Il est évident que Natasha et Sonya sont très fières de leur frère.

Alexandre sort de la cuisine, portant un grand plateau chargé de plats chauds° qui répandent° une odeur délicieuse.

Natasha regarde le plateau et s'exclame:

—Une soupe aux huîtres!° C'est mon plat préféré! Alexandre, tu nous gâtes!°

Alexandre sourit et dit:

—Ce n'est pas tous les jours que mes deux sœurs me rendent visite.° Alors, c'est une occasion à fêter!

Alexandre sert chacun de ses invités et puis remplit chaque verre d'un liquide doré et pétillant.°

—Je sais que Natasha adore le cidre.° Alors, au lieu de vin,° je vous sers un bon cidre québécois.

Anatole porte le verre à ses lèvres° et boit une petite gorgée.°

—Hmm, ce cidre est drôlement bon, remarque-t-il. Presque aussi bon° qu'un Beaujolais.

Jean-Pierre est du même avis:°

—Oui, dit-il, c'est très léger et rafraîchissant. On dirait du champagne!°

Alexandre lève son verre et dit:

—A mes chères sœurs! Et à une résolution rapide et heureuse de nos problèmes! Puis il ajoute quelque chose en russe, qui fait trembler la lèvre de Natasha.°

—Oui, ajoute Natasha, au retour rapide de Dmitri.

—Bon appétit,° mes amis, dit Alexandre.

Tout le monde le remercie et se met à manger.

—Ta soupe est un chef-d'œuvre, Alexandre! s'exclame Sonya.

---

chargé de plats chauds, loaded with steaming plates
répandent, give off

soupe aux huîtres, oyster soup
gâtes, spoil

me rendent visite, pay me a visit

remplit . . . pétillant, fills each glass with a golden, bubbly liquid
cidre, hard cider
au lieu de vin, instead of wine
porte . . . lèvres, lifts his glass to his lips
gorgée, sip

presque aussi bon que, almost as good as
est du même avis, is of the same opinion

On dirait du champagne!, It tastes like champagne!

qui fait trembler . . . Natasha, which makes Natasha's lips tremble

bon appétit, enjoy your meal

Tout à coup, on entend des gémissements pitoyables° en-dessous de la table.

—Pauvre Germain! Nous t'avons complètement oublié! s'écrie Sonya. Alexandre, est-ce que tu as un bon os à donner à ce pauvre chien affamé?°

—Mais, bien sûr, dit Alexandre. Viens avec moi, Germain.

Germain le suit à la cuisine, remuant poliment la queue. Il revient cinq minutes après avec un énorme os de gigot.° Il est évident que le petit chien se régale autant que° les autres.

Lorsque tout le monde a fini sa soupe, Alexandre amène du cipaye—un pâté° fait avec six viandes différentes. Puis il y a une tourtière°—une tourte faite avec du porc haché,° des pommes de terre coupées en dés° et des oignons, le tout parfumé à la noix de muscade.° Puis, pour le dessert, il y a une délicieuse tarte au sirop d'érable,° arrosée d'un bon café filtre.°

Après avoir servi chaque convive° deux bonnes portions de tarte, Alexandre dit, toujours jovial:

—Il est presque une heure du matin et vous êtes sans doute très fatigués. J'habite juste en face du restaurant et je crois qu'avec les deux divans, il y aura assez de place° pour tout le monde. Il faut bien dormir cette nuit, car demain c'est l'ouverture du Carnaval.

—Ah, oui! Je l'avais complètement oublié, dit Natasha, distraite.°

Alexandre entoure les épaules de sa sœur d'un bras protecteur et emmène ses invités chez lui.

Une demi-heure plus tard, tout le monde dort. Natasha rêve de Dmitri, Anatole de Madame Lafleur et Germain de sa belle chienne esquimaude.°

gémissements pitoyables, pitiful whimpering

affamé, starving

os de gigot, bone from a leg of lamb
se régale autant que, is enjoying himself as much as

pâté, spread made of finely minced and seasoned meat
tourtière, meat pie
porc haché, minced pork
coupées en dés, diced
le tout . . . muscade, the whole thing flavored with nutmeg
tarte au sirop d'érable, maple-syrup pie
arrosée d'un bon café filtre, washed down with strong drip coffee
convive, guest

il y aura . . . place, there will be enough room

distraite, absent-mindedly

chienne esquimaude, female Alaskan husky

Répondez:

1. Où se trouve le restaurant d'Alexandre? Pourquoi ce restaurant est-il connu à Québec?
2. Quels plats Alexandre sert-il à ses invités?

3. Que pense Anatole du cidre? Qu'en pense Jean-Pierre? A quoi le compare-t-il?
4. Où dorment-ils cette nuit?
5. Qu'est qui commence le lendemain?

13 *Une promenade dans le Vieux Québec*

LE LENDEMAIN MATIN,° Alexandre leur sert un bon petit déjeuner à la française°—café, tartines, confiture. A peine ont-ils fini que° le téléphone sonne. C'est Dmitri. Natasha l'écoute, le visage pâle, les larmes aux yeux. Elle murmure quelques phrases en russe, puis elle raccroche et revient à la table, le visage souriant.°

—Dmitri va bien, dit-elle. Il a contacté le gouvernement canadien pour demander l'asile politique. C'est un peu compliqué à cause de° ses activités d'espionnage, mais il a expliqué que les Russes l'ont forcé à devenir espion. Alors, il croit que tout va s'arranger grâce à l'intervention de mon patron. Monsieur Belloir a téléphoné au Ministre des Affaires Etrangères° du Canada hier. Alors, le ministre était déjà au courant de° l'affaire. Dmitri doit rappeler son bureau demain matin pour avoir la réponse définitive. Mais il est confiant qu'elle sera favorable. Il m'appellera tout de suite après.°

—Où était Dmitri quand il vous a téléphoné? demande Monsieur Maurice.

—Il ne voulait pas me le dire, mais il m'assurait qu'il était à l'abri du danger,° répond-elle.

Sonya embrasse sa sœur et dit:

—Quel soulagement° de savoir que Dmitri est sain et sauf° et que les problèmes vont bientôt s'arranger!

Alexandre embrasse Natasha aussi et puis, tournant vers les autres, leur propose une promenade dans le Vieux Québec.

—Ce serait dommage de venir à Québec sans rien voir! J'ai dit à mon assistant que je ne serais pas au restaurant ce

le lendemain matin, the next morning
petit . . . française, French-style breakfast
à peine ont-ils fini que, they had hardly finished when

le visage souriant, with a smiling face

à cause de, because of

Ministre des Affaires Etrangères, Secretary of State
au courant de, informed about

tout de suite après, right after

à l'abri du danger, out of danger

quel soulagement, what a relief
sain et sauf, safe and sound

matin. Alors, je suis prêt à vous servir de guide.°

Les autres acceptent avec plaisir et prennent leurs manteaux et leurs bottes.

—Couvrez-vous bien,° leur conseille Alexandre. Il fait un froid de canard° aujourd'hui.

Lorsqu'ils sont tous bien emmitouflés,° Alexandre les emmène dehors.

—Je préfère aller à pied, explique-t-il. Les rues sont déjà très encombrées° de voitures à cause du Carnaval, qui commence ce soir.

—Ça ne fait rien, dit Anatole. Nous aimons bien marcher, Germain et moi.

—Ouah, ouah!° répond Germain, remuant la queue.

Ils descendent ensemble la rue St-Louis, qui est bordé de vieux hôtels, de petits restaurants et de boutiques.

—Encore une fois,° j'ai l'impression de ne pas avoir quitté la France,° remarque Monsieur Maurice. Avec ses vieux immeubles en pierre, ses rues étroites et ses enseignes en français, ce quartier ressemble beaucoup aux vieux quartiers de Paris.

—C'est vrai, dit Jean-Pierre. Et ici, on ne voit pas de gratte-ciel au loin° comme à Montréal, où beaucoup de bâtiments historiques ont été détruits.

Bientôt ils arrivent devant une grande place.

—Voici la Place d'Armes, dit Alexandre. Sous le régime français, c'était le lieu des parades militaires et des réunions politiques . . . Là-bas,° c'est le Monument Champlain, en l'honneur de Samuel de Champlain, l'explorateur français qui a fondé la ville de Québec en 1608.

—En 1608! s'exclame Jean-Pierre. Dis donc!° C'est vieux ici!

—Qu'est-ce que c'est que ce grand bâtiment en face? demande Monsieur Maurice. On dirait un château.°

—En effet,° c'est le Château Frontenac, l'hôtel le plus chic de la ville, explique Alexandre. Il a été construit à la fin du siècle dernier,° sur le site du Château St-Louis, résidence des gouverneurs de Québec pendant deux siècles.

vous servir de guide, to be your guide

couvrez-vous bien, dress warmly
il fait un froid de canard, it's freezing cold out
bien emmitouflés, all bundled up

encombrées, crowded

Ouah, ouah!, Bow-wow!

encore une fois, once again
j'ai l'impression . . . France, I feel as though I never left France

au loin, in the distance

là-bas, over there

Dis donc!, Wow!

On dirait un château., It looks like a castle.
en effet, as a matter of fact

à la fin du siècle dernier, at the end of the last century

Le petit groupe traverse la Place d'Armes et s'arrête sur une grande esplanade° qui offre une vue magnifique sur le Saint-Laurent.

—Voici la Terrasse Dufferin, dit Alexandre. C'est l'endroit préféré des promeneurs. En hiver, les enfants aiment venir ici pour faire du toboggan.°

—Regarde les enfants là-bas qui descendent la piste! s'exclame Sonya. Ça a l'air tellement amusant!° J'aimerais bien le faire, moi!°

—Pourquoi pas? demande Jean-Pierre, souriant. Viens! On va essayer d'emprunter un traîneau à quelqu'un.°

Sonya et Jean-Pierre courent vers le toboggan, tandis que les autres s'approchent de la balustrade° pour admirer la vue.

—Il fait tellement clair° aujourd'hui qu'on voit bien les Laurentides,° observe Alexandre, en leur montrant les montagnes vers le nord. Et ce grand pic que vous voyez à l'est, c'est le Mont Sainte-Anne. C'est l'endroit préféré des Québécois pour faire du ski. Ça ne prend que quarante minutes pour y aller en voiture.

Monsieur Maurice se met à rêver de ski, tout en regardant la ville en bas.

—Il y a beaucoup de vieux bâtiments entre la falaise° et la rivière, remarque-t-il. Ils ont l'air d'être en bon état.°

—Oui, répond Alexandre. C'est la Basse-Ville, l'ancien quartier des commerçants.° Beaucoup de ces bâtiments datent du dix-septième et du dix-huitième siècles. Depuis vingt ans, le gouvernement a dépensé des milliers de dollars° pour restaurer ce quartier, surtout la Place-Royale que vous voyez là-bas.

Alexandre montre l'endroit aux autres, puis continue:

—Ici, nous sommes dans la Haute-Ville, que les Français ont entourée de° fortifications. Ces fortifications existent encore aujourd'hui. Québec est la seule ville fortifiée° de l'Amérique du Nord.

—Regarde! s'écrie Anatole. Il y a des gens dans la

---

esplanade, boardwalk

faire du toboggan, to go sledding

Ça a l'air . . . amusant!, It sure looks like fun!

J'aimerais bien le faire, moi!, I'd sure like to try it, too!

On va . . . quelqu'un., We'll try to borrow someone's sled.

balustrade, railing

il fait tellement clair, the sky is so clear

les Laurentides, Laurentian Mountains

falaise, cliff

Ils ont l'air d'être en bon état., They look like they're in good shape.

l'ancien quartier des commerçants, old merchant district

des milliers de dollars, thousands of dollars

entourée de, surrounded by

ville fortifiée, walled city

—Regarde, Dolly! C'est ton ami Germain!

rivière là-bas! Ils font du bateau!° Mais, ils sont complète-ment fous! La rivière est pleine de glace!

Alexandre rit, puis explique que ces gens s'entraînent pour la grande course de canots° qui a lieu° chaque hiver au moment du Carnaval. Ils regardent les manœuvres avec une curiosité mêlée d'effroi.°

Tout à coup, ils entendent derrière eux une voix de femme qui dit:

—Regarde, Dolly! C'est ton ami Germain!

Le groupe se retourne et voit une petite femme au visage agréable qui tient un énorme chien poilu à la laisse.° Germain court vers le chien, aboyant de joie.°

—Madame Lafleur! Quelle surprise de vous revoir ici! s'exclame Anatole, très ému. Permettez-moi de vous pré-senter° mon patron, Monsieur Maurice, et nos amis Ale-xandre et Natasha Lemicov.

—Enchantée, messieurs-dame, répond Madame La-fleur avec un sourire charmant. Vous êtes venus à Québec pour le Carnaval?

—Pas exactement,° répond Natasha. Nous sommes ve-nus pour voir mon frère, qui tient° le restaurant Aux An-ciens Canadiens.

—C'est mon restaurant préféré! dit Madame Lafleur.

—Venez manger avec nous ce soir, madame, lui pro-pose Alexandre. Comme ça, vous pourrez renouer votre amitié° avec Monsieur Ampoulay. Venez à six heures. Après, vous pourrez aller tous ensemble° voir le défilé° et l'ouverture du Carnaval.

—Avec plaisir, monsieur, répond Madame Lafleur. Merci de cette gentille invitation. Maintenant, excusez-moi, mais j'ai rendez-vous chez le dentiste.° A ce soir!°

—A ce soir! répondent les autres.

Anatole la regarde s'éloigner° parmi la foule, un grand sourire aux lèvres. Il est aux anges.°

Bientôt Jean-Pierre et Sonya reviennent tout essouflés° et riant. Un petit garçon leur a prêté son traîneau, et ils ont descendu le toboggan plusieurs fois.

Ils font du bateau!, They're out boating!

s'entraînent pour ... canots, are training for the big boat race
a lieu, takes place
effroi, horror

à la laisse, by the leash

aboyant de joie, barking with joy

permettez ... présenter, allow me to introduce to you

pas exactement, not exactly
tient, runs

renouer votre amitié, get to know better
tous ensemble, all together
défilé, parade

j'ai ... dentiste., I have a dentist appointment
A ce soir!, See you tonight!
la regarde s'éloigner, watches her disappear
aux anges, in heaven
tout essoufflés, all out of breath

—Je ne me suis jamais si bien amusée de ma vie!° s'exclame Sonya. J'adore Québec! Qu'est-ce que tu vas nous montrer maintenant, Alexandre?

—Eh bien, je pensais faire un tour° dans la Basse-Ville, où il y a plusieurs musées et vieilles maisons à visiter. On peut descendre par le funiculaire° là-bas. Après, si vous voulez, nous pourrions visiter la Citadelle° et le Parc des Champs de Bataille.° C'est là où les troupes françaises du Général Montcalm ont perdu la guerre contre l'armée anglaise du Général Wolfe en 1759.

—Alors, en route,° tout le monde! crie Sonya.

Je . . . vie!, I've never had such a good time in my life!

faire un tour, take a walk

funiculaire, cable car

Citadelle, huge star-shaped fortress on Cap Diamant, Quebec's highest point

Parc . . . Bataille, national historic park commemorating a famous battle between France and England

alors, en route, so, let's get going

Répondez:

1. Qui téléphone à Natasha? Que lui dit-il?
2. Que propose Alexandre?
3. Pourquoi Monsieur Maurice a-t-il l'impression de ne pas avoir quitté la France?
4. Comment le Vieux Québec diffère-t-il du Vieux Montréal? Comment explique-t-on ces différences?
5. Que font Sonya et Jean-Pierre?
6. Que font les gens dans la rivière? Pourquoi cela fait peur à Anatole?
7. Qui rencontre Anatole et ses compagnons sur la Terrasse Dufferin? Que lui propose Alexandre? Quelle est la réaction d'Anatole?

14 *L'ouverture du Carnaval*

APRÈS AVOIR MONTRÉ la ville à ses invités, Alexandre leur sert un dîner mémorable Aux Anciens Canadiens. Madame Lafleur est assise en face d'Anatole, Sonya en face de Jean-Pierre. Il ne manque que Dmitri.° Tout le monde est très gai. Même Natasha rit et bavarde avec les autres.

A sept heures et demie, Alexandre leur sert un verre de Caribou° pour les fortifier contre le froid. Puis il leur dit:

—Le défilé commence dans une demi-heure. Vous feriez bien d'y aller° tout de suite pour trouver de bonnes places.

Il ne manque que Dmitri., Only Dmitri is missing.

Caribou, Quebec drink made with sweet red wine, whiskey, and various flavorings

vous feriez bien . . . aller, you'd better go there

Natasha hésite un instant, puis elle dit:

—Franchement, Alexandre, je préfère rester chez toi. Il est possible que Dmitri essaie de me téléphoner dans la soirée.° Alors, il faut que je sois là° pour répondre.

Monsieur Maurice ne veut pas que Natasha reste seule et propose de lui tenir compagnie.° A vrai dire,° Monsieur Maurice a horreur des défilés et des foules. Et, après la longue promenade en ville, il est très heureux à l'idée° de passer une soirée tranquille près du feu.

dans la soirée, sometime this evening
il faut que je sois là, I should be there
lui tenir compagnie, to keep her company
à vrai dire, to tell the truth
est très . . . l'idée, welcomes the idea

*   *   *

Une demi-heure plus tard, Jean-Pierre, Sonya, Anatole et Madame Lafleur attendent l'arrivée du défilé sur la «Place Carnaval», en face de la Cité Parlementaire.° Devant eux s'élève le Palais de Glace, tout illuminé et décoré de drapeaux rouges pour la fête. Entièrement construit de blocs de glace, le palais est le centre des activités carnavalesques. C'est là où les dignitaires de la ville attendent l'arrivée du défilé pour proclamer l'ouverture officielle du Carnaval.

Cité Parlementaire, House of Parliament (of Quebec Province)

Bientôt on entend de la musique, et la foule commence à crier. C'est le Bonhomme Carnaval° qui arrive! Habillé tout en blanc avec un chapeau de ski rouge et une grande ceinture-fléchée° rouge et or, l'énorme bonhomme de neige° salue la foule et chante avec la musique. Derrière lui, un grand char° tout orné de fleurs° porte la Reine du Carnaval et ses six Duchesses. Ce char est suivi° d'une vingtaine d'autres chars portant des personnages des contes de fées° et de l'histoire québécoise.

le Bonhomme Carnaval, ten-foot living snowman who serves as master of ceremonies
ceinture-fléchée, big sash tied at the waist
bonhomme de neige, snowman
char, float
tout orné de fleurs, all decorated with flowers
est suivi de, is followed by
contes de fées, fairy tales

La foule crie et applaudit lorsque le Bonhomme Carnaval monte enfin sur l'estrade° du Palais de Glace. Parlant français, il proclame l'ouverture officielle du Carnaval. Il commande à tous de rire et de s'amuser. Il menace d'emprisonner tous ceux° qui ne sourient pas. Puis il présente à la ville sa Reine et ses six Duchesses.

estrade, platform

tous ceux, all those

Après, il y a des discours, des chansons et des danses

C'est le Bonhomme Carnaval qui arrive!

folkloriques. Les gens chantent et dansent dans la rue. La soirée se termine par un beau spectacle de feux d'artifice.°

—C'était la soirée la plus mémorable de ma vie! s'exclame Sonya durant le trajet de retour.° Je n'ai jamais tant ri, ni tant dansé!°

—Je l'ai beaucoup aimée, moi aussi, dit Madame Lafleur, tenant Anatole par le bras. Merci de m'avoir invitée à passer la soirée avec vous.

—C'était notre plaisir, répond Anatole, lui prenant la main dans la sienne.

—Oh! regarde les jolies sculptures! s'écrie Sonya, lorsqu'ils passent devant une douzaine de sculptures de glace.° Il y a des personnages, des animaux, des bâtiments, tous sculptés dans la glace!

—Elles sont drôlement bien faites!° remarque Jean-Pierre, s'approchant d'une sculpture représentant le Château Frontenac en modèle réduit.°

—Ce n'est pas étonnant, ajoute Madame Lafleur, vu la concurrence° qui existe entre les sculpteurs pour gagner les prix! Quand il avait seize ans, mon fils Henri et un ami ont gagné le prix artistique pour une sculpture satirique qu'ils ont faite de notre premier ministre.° Le visage était tellement réaliste qu'on avait l'impression qu'il° allait se mettre à parler d'une minute à l'autre.°

Tout le monde rit, puis Jean-Pierre demande:

—A part° le défilé et les sculptures de glace, quelles sont les autres attractions pendant le Carnaval?

Madame Lafleur sourit, puis répond:

—Il y en a tellement° que c'est difficile d'en faire une liste!° Pendant les dix jours du Carnaval, il y a des matchs de hockey, des concours de ski et de patinage, des courses de motoneiges°et de voitures, des bals et des concerts. Mais le lou du Carnaval est sans doute la grande course de canots sur le Saint-Laurent.

—Ah, oui! Nous avons vu des équipes de rameurs° s'entraîner ce matin, rappelle Sonya.

---

spectacle de feux d'artifice, fireworks display

durant le trajet de retour, on the way home

je n'ai . . . dansé!, I have never laughed or danced so much!

sculptures de glace, ice sculptures

Elles . . . faites!, They're really well done!

en modèle réduit, in a scaled-down version

vu la concurrence, given the competition

premier ministre, prime minister

on avait l'impression que, it seemed like

d'une minute à l'autre, any minute

à part, besides

il y en a tellement, there are so many of them

c'est difficile . . . liste, it's hard to list them all

courses de motoneiges, snowmobile races

clou, high point

équipes de rameurs, rowing teams

—Et quelle est la partie du Carnaval que vous aimez le plus, madame? demande Anatole.

—J'aime beaucoup le grand défilé qui marque le début et la fin du Carnaval. Mais ma partie préférée est la course de traîneaux tirés par les chiens.° Dolly fait partie° d'une équipe. C'est passionnant de voir tous ces beaux chiens courir dans la neige!

> **course . . . chiens,** dogsled races
> **fait partie,** is a member

—C'est quand la course de traîneaux cette année? demande Anatole, très intéressé.

—Demain après-midi à deux heures sur les plaines d'Abraham,° répond Madame Lafleur.

> **plaines d'Abraham,** large open area where le Parc des Champs de Bataille is located

—Si je suis libre demain, j'irai les voir. Je sais que cela ferait grand plaisir à Germain° de revoir Dolly avant de partir, dit Anatole.

> **cela ferait . . . Germain,** Germain would really enjoy

Bientôt ils arrivent devant la porte de Madame Lafleur.

—Bonsoir et merci encore de cette merveilleuse soirée, dit-elle. Elle embrasse Anatole doucement, puis souhaite une bonne nuit° aux autres.

> **souhaite une bonne nuit,** bids good night

Lorsqu'elle a refermé sa porte, Jean-Pierre se met à taquiner Anatole:

—On dirait qu'elle t'aime bien.° Et avoue qu'elle ne te déplaît pas non plus!°

> **on dirait . . . bien,** looks like she really likes you
> **avoue . . . non plus,** admit that you like her, too

Mais Anatole ne l'entend pas. Il est perdu dans des rêveries délicieuses. Il se voit° arrivant le soir à son appartement à Paris. Madame Lafleur lui ouvre la porte et l'embrasse doucement sur la joue:

> **se voit,** sees himself

—Bonsoir, mon chéri.° J'ai préparé ton plat préféré pour le souper . . . une bonne soupe aux huîtres . . .

> **mon chéri,** sweetheart

—Anatole, Anatole, réveille-toi! crie Jean-Pierre, en le secouant rudement.° On ne va pas passer la nuit dans la rue, quand même!

> **le secouant rudement,** shaking him roughly

La belle rêverie disparaît. Anatole est rappellé à la réalité.° Il fait froid; il faut rentrer.

> **rappellé à la réalité,** brought back down to Earth

Répondez:

1. Où Natasha et Monsieur Maurice vont-ils passer la soirée? Pourquoi? Où vont les autres?
2. Quel est le centre d'activité durant le Carnaval? Décrivez cet endroit.

3. Décrivez le Bonhomme Carnaval. Que dit-il à la foule?
4. Que font les gens dans la rue? Comment la soirée se termine?
5. Quelle sorte de sculptures y a-t-il au Carnaval? Quelles sont quelques-unes des autres attractions?
6. Quelle partie du Carnaval préfère Madame Lafleur? Pourquoi?

15 *Où est Natasha?*

LORSQU'ILS ARRIVENT chez Alexandre quelques minutes plus tard, ils sont étonnés de le trouver assis tout seul devant le feu.

Alexandre les regarde, puis demande, inquiet:

—Natasha n'est pas avec vous?

—Non, répond Jean-Pierre. Elle est restée ici avec Monsieur Maurice.

—Elle n'est pas dans sa chambre? demande Sonya.

—Non, répond Alexandre. J'ai déjà regardé. Lorsque je suis rentré vers onze heures, il n'y avait personne. Je croyais que Natasha avait changé d'avis° et qu'elle avait décidé d'aller voir le défilé avec vous.

Sonya commence à parler, mais la sonnerie du téléphone l'interrompt. Alexandre décroche. Il dit quelques mots en russe, puis écoute en silence, les mains tremblantes. Après quelques minutes, il raccroche.

—Les Russes ont kidnappé Natasha et Monsieur Maurice! dit-il, accablé.°

—Oh, mon Dieu! crie Sonya. Qu'est-ce qu'ils veulent?

—Ils veulent faire un échange: Natasha et Monsieur Maurice pour Dmitri. Si Dmitri ne se rend pas° avant quatre heures demain après-midi, ils vont tuer Natasha et Monsieur Maurice.

—Mais, nous ne savons même pas° où Dmitri se cache! s'écrie Sonya. Elle se laisse tomber° dans un fauteuil et fond en larmes.°

—Où est-ce que Dmitri doit se rendre? demande Jean-Pierre, gardant son sang-froid.

avait changé d'avis, had changed her mind

accablé, overwhelmed by grief

ne se rend pas, doesn't give himself up

nous . . . pas, we don't even know
se laisse tomber, drops
fond en larmes, breaks into tears

—A la Jument Noire, une vieille auberge° abandonnée dans les Laurentides, près de Chicoutimi, répond Alexandre.

auberge, inn

—C'est loin d'ici? demande Anatole.

—A trois heures de route vers le nord,° répond Alexandre.

à trois . . . nord, three hours north of here by car

—Vous avez une voiture? demande Jean-Pierre, remettant son manteau.

—Oui, dit Alexandre. Elle est dans le garage derrière l'immeuble.

Jean-Pierre réfléchit un instant, puis il dit:

—Bon, écoutez. Les Russes sont sans doute dans les environs° de cette auberge. Je crois que le mieux serait pour Anatole et moi d'y aller tout de suite en voiture. Vous resterez ici à attendre le coup de téléphone de Dmitri demain matin. Vous lui expliquerez ce qui est arrivé, puis ce sera à lui de décider° ce qu'il veut faire.

dans les environs, somewhere nearby

ce sera à lui de décider, it will be up to him to decide

Jean-Pierre écrit quelques lignes sur un papier, qu'il donne à Alexandre:

—J'aimerais que vous téléphoniez° tout de suite à Monsieur Belloir, le patron de Natasha, pour lui dire ce qui est arrivé.° Voici son numéro.

j'aimerais . . . téléphoniez, I'd like you to call

ce qui est arrivé, what happened

Jean-Pierre et Anatole prennent leurs revolvers et vont vers la porte. Mais avant qu'ils aient le temps° de l'ouvrir, on entend sonner.° C'est Monsieur Lechamps, l'agent spécial que Monsieur Belloir a mis à leur disposition.

avant qu'ils . . . temps, before they have time

on entend sonner, the doorbell rings

—Je suis venu vous annoncer la bonne nouvelle: Le gouvernement canadien a offert l'asile politique à Dmitri.

Lechamps s'étonne que personne ne sourie.° Sonya se met à pleurer doucement.

s'étonne . . . sourie, is surprised that no one smiles

—Qu'est-ce qu'il y a?° demande Lechamps, perplexe.

Qu'est-ce qu'il y a?, What's wrong?

Jean-Pierre lui explique la situation. Lechamps secoue la tête,° puis il dit:

secoue la tête, shakes his head

—Heureusement que vous m'avez confié° les documents volés hier soir! Autrement, les Russes les auraient piqués° lorsqu'ils ont kidnappé Natasha et Monsieur Maurice!

confié, entrusted

les auraient piqués, would have taken them

Lechamps regarde sa montre:

—Hmm . . . Minuit et demi . . . J'aimerais contacter mon patron avant de faire quoi que ce soit.° La situation est tellement délicate que le moindre faux pas° pourrait provoquer une catastrophe.

avant . . . soit, before doing anything at all
le moindre faux pas, the slightest little mistake

Heureusement Monsieur Belloir est à son bureau. Lechamps lui parle pendant un quart d'heure, puis revient au salon.

—Mon patron est du même avis° que vous—qu'il faut aller tout de suite à Chicoutimi pour essayer de délivrer Natasha et Monsieur Maurice. Il m'a dit de prendre Dmitri avec nous au cas où il ne reste d'autre solution que de° faire un échange. Et puis, Dmitri peut nous aider énormément. Il connaît ces Russes mieux que nous.

est du même avis, feels the same way

au cas où . . . que de, in case there's no other solution but

—Mais, est-ce que vous savez où Dmitri se cache? demande Sonya.

—Bien sûr! répond Lechamps. Il est chez moi, à cinq minutes d'ici. C'est là où Dmitri se cache depuis deux jours.

—Mais, comment a-t-il eu votre nom et votre adresse? demande Anatole, perplexe.

—Par Monsieur Belloir, à qui il a téléphoné hier soir. Bon . . . assez de discussions!° Il faut partir. Il est déjà une heure du matin. Si nous partons tout de suite, nous arriverons à l'auberge avant l'aube.° Il sera préférable de tenter l'opération dans le noir.°

Bon . . . assez de discussions!, OK . . . that's enough talk!
aube, dawn
dans le noir, in the dark

Les trois hommes mettent leurs manteaux, disent au revoir à Sonya et à Alexandre et sortent dans l'air froid de la nuit.

Répondez:

1. Pourquoi Natasha et Monsieur Maurice ne sont pas chez Alexandre?
2. Que veulent les deux Russes?
3. Que vont faire les Russes si Dmitri ne vient pas?
4. Que décide Jean-Pierre?
5. Qui vient à la dernière minute? Quelle nouvelle apporte-t-il?
6. Où se cache Dmitri depuis deux jours?
7. Qu'est-ce que Monsieur Belloir leur dit de faire?

16   *A la Jument Noire*

TROIS HEURES plus tard, la voiture traverse la petite ville de Chicoutimi et suit la rive nord du lac Saguenay.

Dmitri étudie la carte et puis dit à Lechamps qui conduit:

—On suit cette route jusqu'à St-Fulgence. Puis on prend la route de gravier° qui nous mènera au bord du lac. C'est là où se trouve l'auberge.

route de gravier, gravel road

—Heureusement que vous avez demandé des renseignements à la police de Chicoutimi. Autrement, on aurait eu du mal à la trouver, cette auberge!° s'exclame Jean-Pierre, assis derrière.

on aurait . . . auberge, we would have had a hard time finding the inn

Tout à coup, on entend un bruit curieux qui semble venir du moteur.

—Qu'est-ce que c'est? demande Lechamps, qui n'a pas beaucoup de confiance dans la voiture d'Alexandre.

—C'est Anatole qui ronfle! explique Jean-Pierre.

—Au moins° un membre de notre équipe sera en bonne forme! plaisante Lechamps.

au moins, at least

—Ça, c'est sûr! dit Jean-Pierre. Anatole ne râte jamais une occasion° de se reposer!

ne râte . . . occasion, never misses a chance

La voiture sort de la forêt et traverse le village de St-Fulgence.

—Allez doucement pour qu'on trouve° le chemin qui mène à l'auberge, dit Jean-Pierre.

pour qu'on trouve, so that we can find

—Le voilà! dit Dmitri.

Lechamps prend la petite route de gravier. La voiture traverse une grande forêt toute couverte de neige.° Il fait tellement noir° qu'ils ont du mal à suivre le chemin. Ils sortent enfin des arbres et retrouvent le bord du lac. A quelques centaines de mètres,° ils distinguent la silhouette d'un bâtiment.

toute couverte de neige, all covered with snow
il fait . . . noir, it's so dark out
à quelques . . . mètres, a few hundred meters away

—Ça doit être l'auberge, dit Jean-Pierre. Vous feriez bien d'éteindre vos phares,° ajoute-t-il.

vous feriez . . . phares, you'd better turn off your lights

—Bonne idée, répond Lechamps. On ne voudrait pas réveiller nos chers Russes.

—Par contre,° on ferait bien° de réveiller Anatole, dit Jean-Pierre, en secouant l'épaule de son compagnon.

par contre, on the other hand
on ferait bien, we'd better

—Anatole! Anatole! Réveille-toi! chuchote-t-il. On va bientôt arriver.°

On va bientôt arriver., We're almost there.

Anatole, qui rêvait encore de la belle Madame Lafleur, ouvre ses yeux à regret.°

à regret, unwillingly

—J'étais tellement bien!° soupire-t-il tristement.

J'étais tellement bien!, I was so happy!

—Oui, mais maintenant, on a du boulot à faire!° Alors, réveille-toi! lui répète Jean-Pierre.

on a du boulot à faire, we've got work to do

La voiture est maintenant à cent mètres de l'auberge. Lechamps éteint le moteur et chuchote:

—Bon . . . Anatole, vous gardez l'entrée de devant° avec Jean-Pierre. Dmitri, vous venez avec moi. On va essayer d'entrer par la porte de derrière.°

entrée de devant, front entrance

porte de derrière, back door

Ils sortent de la voiture, sans faire de bruit. Chacun tient son revolver à la main, prêt à passer à l'action.° Dmitri et Lechamps avancent lentement vers la porte de derrière. La neige est très épaisse, et ils ont du mal à marcher.

prêt à . . . l'action, ready to jump into action

Tout à coup, on entend le bruit de deux moteurs derrière l'auberge. Dmitri et Lechamps se mettent à courir. Ils arrivent au bord du lac juste à temps° pour voir deux motoneiges quitter le rivage et partir à toute vitesse° à travers le lac gelé. Impuissants, ils regardent les motoneiges s'éloigner° dans la nuit.

juste à temps, just in time
voir . . . vitesse, to see two snowmobiles speeding away from the shore
s'éloigner, disappear

—On n'est pas sorti de l'auberge!° commente Anatole, mauvais plaisant.°

On . . . l'auberge!, Now we're really in trouble! *(pun)*
mauvais plaisant, someone who jokes at the wrong time

—Tais-toi,° Anatole! tranche° Jean-Pierre, irrité. Ce n'est pas le moment de plaisanter!°

Tais-toi!, Shut up!
tranche, interrupts
Ce n'est . . . plaisanter!, It's no time for jokes!

Répondez:
1. Qui va essayer de sauver Natasha et Monsieur Maurice?
2. Où vont-ils?
3. A qui rêve Anatole?
4. Que voient-ils partir à travers le lac?

17   *La chasse en motoneige*

—BON, À MOI de jouer!° pense Monsieur Maurice, regardant l'auberge disparaître derrière eux. Il comprend que leurs amis ont essayé de les délivrer de leurs kidnappeurs et que cette tentative° a échoué.°

—Il n'y a que moi qui peux nous sauver° maintenant, se dit-il. Si seulement mes mains n'étaient pas liées!°

Lentement, sans bouger le reste de son corps, Monsieur Maurice essaie de défaire les nœuds° qui lient ses deux mains. Ses doigts sont tellement froids qu'il a du mal à les bouger.° Mais après dix minutes de travail patient, il arrive à défaire le premier nœud.

—Encore deux nœuds et je suis libre!

Devant lui, un des Russes (celui que° Monsieur Maurice appelle «Moustachu» à cause de ses grosses moustaches) boit une gorgée de vodka.

—Pour se réchauffer, sans doute, pense Monsieur Maurice, faisant une moue de dégoût.°

Devant eux, l'autre motoneige porte Natasha et le chef des deux Russes (celui que Monsieur Maurice appelle «Gros-Ventre» à cause de sa grosse bedaine°).

—Heureusement je suis avec Moustachu. Il a l'air un peu moins farouche° que l'autre, pense Monsieur Maurice, travaillant sur le deuxième nœud.

Ses doigts ont moins froid maintenant, grâce à l'exercise. Le deuxième nœud cède. Monsieur Maurice s'attaque au° dernier nœud.

—Encore quelques minutes, et je serai libre de t'étrangler, mon coco,° murmure-t-il, sans que Moustachu l'entende.°

Mais juste au moment où il réussit à défaire le dernier nœud, Moustachu crie quelque chose à Gros-Ventre. Les motoneiges s'arrêtent, et les deux Russes se mettent à discuter avec animation. Monsieur Maurice ne comprend pas

Bon, à moi de jouer!, Well, now it's my turn to play!

tentative, attempt
a échoué, failed

il n'y a que moi . . . sauver, I'm the only one who can save us now
liées, tied up
défaire les nœuds, untie the knots

il a du mal à les bouger, it's hard to move them

celui que, the one whom

faisant une moue de dégoût, grimacing with disgust

grosse bedaine, huge belly

farouche, fierce

s'attaque à, takes on

mon coco, my darling

sans que . . . l'entende, without letting Moustachu hear him

un mot, mais il est évident que Gros-Ventre est furieux contre° Moustachu.

—Ton chauffeur n'a presque plus d'essence,° explique Natasha à Monsieur Maurice.

—Silence! hurle Gros-Ventre avec un fort accent russe. Il descend de sa motoneige pour regarder la jauge d'essence° de l'autre.

—C'est maintenant ou jamais! pense Monsieur Maurice. Prenant son courage à deux mains,° il saute° sur l'autre motoneige et tourne l'accélérateur. La motoneige part en trombe.°

Les deux Russes sont tellement surpris qu'ils ne réagissent° pas tout de suite. Puis, furieux, ils sautent sur l'autre motoneige et partent à la poursuite° de leurs otages.°

Monsieur Maurice tourne la motoneige dans la direction de l'auberge.

—Je vois des lumières sur le rivage là-bas, explique-t-il à Natasha. Ce sont peut-être les phares de nos amis. Ou peut-être les lumières d'un village. Il vaut mieux aller par là.°

—D'accord, dit Natasha, lui serrant le bras.° Mais faites vite!° Les autres commencent à gagner du terrain!°

Se retournant un instant, Monsieur Maurice voit que les Russes ne sont que cent mètres derrière eux. Puis il entend des coups de feu° et sent quelque chose passer tout près de° son oreille.

—Ils tirent sur nous! crie Natasha.

Monsieur Maurice est pris de panique. Il ne peut pas conduire et se protéger en même temps! Il sent une autre balle siffler° près de sa tempe.° Des coups de feu éclatent tout autour. Puis . . . le silence.

Surpris, Monsieur Maurice se tourne pour voir ce qui se passe. Les Russes sont loin derrière.

—Ils ont dû tomber en panne d'essence,° dit-il.

—Heureusement pour nous! dit Natasha. J'ai vraiment eu peur qu'ils nous rattrapent!°

---

furieux contre, furious with

n'a presque plus d'essence, is almost out of gas

jauge d'essence, gas gauge

prenant son courage à deux mains, summoning all his courage

saute, jumps

part en trombe, speeds away

réagissent, react

partent à la poursuite, chase after

otages, hostages

Il vaux mieux . . . là., It's better to go that way.

lui serrant le bras, squeezing his arm

faites vite, hurry up

commencent . . . terrain, are starting to catch up with us

coups de feu, shots

tout près de, right past

siffler, whistling

tempe, temple

ils . . . d'essence, they must have run out of gas

qu'ils . . . rattrappent, that they would catch up with us

—Nous l'avons échappé belle!° avoue Monsieur Maurice, s'essuyant le front.°

Regardant vers le rivage, ils voient trois paires de phares s'avancer vers eux° à travers l'obscurité.

—C'est sans doute la police qui arrive en motoneige, dit-il pour rassurer Natasha.

En effet,° quelques minutes plus tard, ils entendent une sirène de police, puis une voix amplifiée par un haut-parleur:

—Ici, police! Arrêtez votre véhicule immédiatement et sortez les mains en l'air!°

Natasha éclate de rire:°

—Ils nous prennent pour° les kidnappeurs! rit-elle.

Mais Monsieur Maurice ne trouve pas la situation amusante du tout. Néanmoins, il décide d'obéir.

—Il vaut mieux jouer le jeu.° Autrement, ils risquent de tirer sur nous,° explique-t-il.

Les mains en l'air, Monsieur Maurice et Natasha attendent l'arrivée de la police.

Nous . . . belle!, It was a close call!
s'essuyant le front, wiping his forehead

s'avancer vers eux, coming toward them

en effet, sure enough

sortez les mains en l'air, come out with your hands up
éclate de rire, bursts out laughing
ils nous prennent pour, they think we're

Il vaut . . . jeu., We'd better play along with them.
ils risquent . . . nous, they might shoot at us

—Ils tirent sur nous!

Lorsque deux motoneiges s'arrêtent devant eux, Monsieur Maurice demande poliment:

—Est-ce que je peux baisser les mains° maintenant?

baisser les mains, put my hands down

Les gendarmes le regardent, perplexes, tandis que Natasha explique ce qui est arrivé. Bientôt la troisième motoneige arrive avec Dmitri et Jean-Pierre. Natasha court vers son fiancé et se jette dans ses bras. Jean-Pierre s'approche de Monsieur Maurice et demande, très ému:

—Ça va, patron?

—Oui, répond Monsieur Maurice. Nous l'avons échappé belle.

Répondez:

1. Qu'est-ce que Monsieur Maurice doit faire avant tout autre chose?
2. Que crie Moustachu à Gros-Ventre? Comment le sait-on?
3. Comment Monsieur Maurice arrive-t-il à sauver Natasha?
4. Pourquoi Monsieur Maurice va vers l'auberge?
5. Que font les Russes? Pourquoi ne réussissent-ils pas à rattraper leurs otages?
6. Pourquoi Natasha rit lorsque la police leur parle par le haut-parleur?

18 *Le Carnaval Souvenir*

IL EST PRESQUE huit heures du matin lorsqu'ils arrivent à Chicoutimi. A l'entrée de la ville, Natasha demande:

—Est-ce qu'il serait possible de nous arrêter ici quelque part?° J'aimerais téléphoner à mon frère pour lui dire que tout va bien.°

—Il y a une auberge là-bas qui paraît ouverte, répond Jean-Pierre. Je vois une lumière à l'intérieur.

—Si nous prenions aussi un petit déjeuner?° propose Lechamps. Après toutes les émotions de la nuit,° une bonne tasse de café nous ferait tous du bien!°

—Bonne idée, répond Jean-Pierre. Mais ça sera dommage de réveiller Anatole et Monsieur Maurice. Ils dorment si bien!

Natasha ne peut pas s'empêcher de rire° lorsqu'elle voit son sauveur endormi comme un gros ours hibernant. A côté de lui, Anatole ronfle bruyamment, la tête appuyée sur l'épaule de son patron.

—Ils dormiront après, déclare Lechamps, garant° la voiture devant l'auberge. De toute façon,° il va falloir° nous arrêter au poste de police° pour savoir s'ils ont retrouvé les deux Russes.

Tout en dormant, Monsieur Maurice sent vaguement que la voiture s'est arrêtée. Il se réveille en sursaut. Il est très gêné de s'être endormi° devant les autres, et encore plus gêné de trouver la tête d'Anatole sur son épaule.

—Anatole! souffle-t-il. Réveille-toi!

—Comment? murmure Anatole, toujours endormi.

—RÉVEILLE-TOI! crie Monsieur Maurice, exaspéré.

—Oui, patron, répond Anatole, levant la tête et se frottant les yeux.

L'aubergiste vient leur ouvrir la porte. C'est un petit vieux à barbiche,° très original.° Habillé d'un° pantalon en velours vert, d'un gilet à rayures° vert et or et d'un grand chapeau à plumes,° il a l'air de sortir d'un livre d'histoire. Ou d'un marché aux puces.°

quelque part, somewhere

tout va bien, everything's OK

Si nous . . . déjeuner?, How about having some breakfast, too?

après . . . nuit, after all that excitement last night

nous ferait tous du bien, would do us all good

ne peut . . . rire, can't help laughing

garant, parking

de toute façon, anyway

il va falloir, we'll have to

poste de police, police station

s'être endormi, to have fallen asleep

petit vieux à barbiche, little old man with a goatee

très original, very eccentric-looking

habillé de, dressed in

gilet à rayures, striped vest

à plumes, feathered

marché aux puces, flea market

—Entrez, entrez, messieurs-dame! dit-il, faisant une révérence compliquée.° Désirez-vous des chambres?

faisant une révérence compliquée, making an elaborate bow

—Non, merci, monsieur, répond Jean-Pierre, le regardant avec curiosité. Nous voudrions simplement prendre un petit déjeuner et utiliser votre téléphone.

—Très bien, dit l'aubergiste. Le téléphone est au fond° du couloir là-bas. Que désirez-vous pour votre petit déjeuner?

au fond, at the end

—Avez-vous du Beaujolais? demande Anatole.

—ANATOLE! gronde° Monsieur Maurice, outré.° N'as-tu pas honte?°

gronde, scolds
outré, outraged
N'as-tu pas honte?, You should be ashamed of yourself!

—Café, tartines, confiture? suggère Jean-Pierre.

—Je vous apporterai également quelques pâtisseries, dit l'aubergiste. Asseyez-vous à ces deux tables près de la cheminée.

L'aubergiste s'en va° vers la cuisine pour préparer le repas, tandis que Natasha part téléphoner à son frère. Les autres s'asseyent près de la cheminée où une grande bûche° brûle déjà, répandant une chaleur agréable dans la grande salle. Au-dessus de la cheminée pend une énorme tête de cerf,° magnifique trophée de chasse.°

s'en va, goes away

bûche, log

tête de cerf, stuffed deer's head
trophée de chasse, hunting trophy

—Il est très curieux, ce type!° remarque Jean-Pierre.

Il est . . . ce type!, He's really strange, that guy!

—Oui, dit Anatole, regardant le cerf. Je n'ai jamais vu des cornes aussi grandes!°

Je n'ai . . . grandes!, I never saw such big antlers!

Jean-Pierre éclate de rire:

—Je parlais de l'aubergiste, idiot! Tu n'as pas vu comment il était habillé?

—On dirait qu'il s'est échappé d'une pièce de Molière!° dit Lechamps.

Molière, famous 17th-century French playwright

Quelques minutes plus tard, une jeune serveuse apparaît, portant un grand plateau. Elle aussi est habillée d'une manière très curieuse.° L'aubergiste l'aide à servir le petit déjeuner.

habillée . . . curieuse, strangely dressed

Intrigué par leur accoutrement bizarre,° Jean-Pierre demande:

accoutrement bizarre, strange outfits

—Est-ce que vous vous habillez comme ça tous les jours?°

tous les jours, every day

L'aubergiste rit aux éclats,° puis leur explique:

rit aux éclats, roars with laughter

—Mais non! Ce sont nos costumes de Carnaval! C'est aujourd'hui le Carnaval Souvenir de Chicoutimi. Vous en avez entendu parlé?° Non? Eh bien, c'est une grande fête historique où nous recréons la vie telle qu'elle était cent ans auparavant.° Tout le monde s'habille à la mode° de l'année en question. Les journaux offrent des articles sur la mode et sur les événements de cette année-là. Il y a un grand défilé à travers la ville, suivi° d'une fête foraine° avec une vente aux enchères,° des concours sportifs° et des danses. Si vous avez le temps, vous devez passer la journée à Chicoutimi. Je vous promets que ça sera une expérience mémorable!

—Merci, monsieur, dit Jean-Pierre, mais on nous attend° à Québec. Notre ami *(montrant Dmitri)* a rendez-vous avec le ministre des Affaires étrangères. Il veut devenir canadien.

—C'est un bon pays, le Canada, dit l'aubergiste. Mais moi, je suis séparatiste.

—Séparatiste? demande Monsieur Maurice, qui ne lit jamais les journaux.

—Oui, explique l'aubergiste. Je suis pour la séparation du Québec de la Confédération Canadienne. Vive le Québec libre!°

—Libre de quoi? demande Monsieur Maurice.

—Libre de la domination des Anglophones!°

—Ah, bon? dit Monsieur Maurice, qui ne comprend rien à la politique.°

—Salut, Charlot! appelle une voix derrière eux.

—Bonjour, Monsieur le Commissaire, répond l'aubergiste, très respectueux.

Monsieur Maurice se retourne et croit reconnaître° un des gendarmes qui sont venus à leur secours° quelques heures plus tôt. Il ne s'est pas trompé,° car le commissaire s'approche de leur table et dit:

—Bonjour, messieurs-dame. J'ai vu votre voiture dehors. Alors, je pensais vous trouver ici.

—Asseyez-vous, Monsieur le Commissaire, dit Lechamps. Avez-vous réussi à trouver les deux Russes?

—Oui et non, répond le Commissaire. Nous ne les avons pas trouvés, mais nous avons de bonnes raisons de les croire morts.°

—Morts? s'écrie Natasha, qui vient juste de revenir du téléphone.°

—Nous sommes retournés à l'endroit où les Russes avaient laissé leur motoneige, qui était tombée en panne d'essence comme vous l'aviez supposé. Nous avons suivi les traces de leurs chaussures dans la neige qui couvre la glace. Au milieu du lac, il y a un endroit où la glace s'est effondrée,° laissant un trou d'environ quatre mètres carrés.° Les traces des chaussures s'arrêtent juste au bord du trou. Alors, nous supposons que le glace a cédé sous leur poids.° C'est rare que la glace s'effondre pendant l'hiver, mais avec deux gros bonhommes comme ça, c'est quand même possible.

—C'est vrai qu'ils étaient bien en chair,° tous les deux, remarque Monsieur Maurice. Ils devaient faire au moins cent kilos chacun.° Alors, ensemble, ça faisait un poids lourd!°

—Avez-vous retrouvé les corps? demande Dmitri, sceptique.

—Non, répond le commissaire. Mais dans l'eau au milieu du trou, nous avons trouvé une bouteille de vodka vide et deux cigares enveloppés de° cellophane. La vodka était de marque russe,° et les cigares avaient des étiquettes russes. Les corps ont dû être emportés° en-dessous de la glace par le courant.

—Mon Dieu! murmure Natasha.

—C'est dommage pour les deux Russes, mais il faut avouer que ça simplifie bien des choses° pour vous, dit Lechamps à Natasha.

—Bon, excusez-moi, messieurs-dame, dit le commissaire, mais j'ai rendez-vous chez Monsieur le Maire dans cinq minutes. Bon voyage de retour!° Et bonne chance à vous, jeune homme! souhaite-t-il à Dmitri, en lui serrant la main.

—Merci, monsieur, répond Dmitri.

nous avons . . . morts, we have reason to believe them dead
qui vient . . . téléphone, who has just come back from the telephone

s'est effondrée, gave way
un trou . . . carrés, a hole about 12 feet square

a cédé sous leur poids, gave way under their weight

bien en chair, pretty hefty

Ils . . . chacun., They each must have weighed at least 220 pounds.
ça faisait . . . lourd, that was an awful lot of weight

enveloppés de, wrapped in
de marque russe, a Russian brand
ont dû être emportés, must have been carried away

bien des choses, a lot of things

Bon voyage de retour!, Have a good trip back!

Le repas terminé, les voyageurs se préparent à partir. L'aubergiste vient leur dire au revoir.

—Il faudra revenir° l'année prochaine pour assister au Carnaval Souvenir! leur dit-il.

Nous n'y manquerons pas,° répond Dmitri, car nous allons peut-être habiter la région.°

—Ah, bon?° s'exclame Natasha, étonnée.

—Oui, dit Dmitri. J'aime beaucoup les Laurentides. Ça me rappelle° la région en Russie où j'ai passé mon enfance. J'ai envie de revenir ici, peut-être même pour vivre.

—Tu aurais pu me consulter avant de prendre une telle décision!° dit Natasha, irritée.

—Les noces ne sont pas encore arrivées, dit Jean-Pierre, et voilà qu'ils se disputent déjà comme de vieux mariés!°

Tout le monde rit, même Natasha et Dmitri, qui s'embrassent pour faire la paix.°

Lechamps consulte sa montre et dit:

—Bon, mes enfants, en route!° Il est déjà neuf heures, et on nous attend à Québec pour midi et demi. Alors, il faudra nous dépêcher!° Vous ne voudriez pas manquer votre rendez-vous avec le Canada, Dmitri!

—Ou le tien° avec Madame Lafleur, Anatole! le taquine Jean-Pierre.

Le visage d'Anatole s'allume:°

—C'est vrai! J'avais oublié que Madame Lafleur nous a invités à la course de traîneaux cet après-midi! Germain sera si heureux de revoir sa Dolly!

il faudra revenir, you'll have to come back

nous n'y manquerons pas, we'll be sure to

habiter la région, live in the area

Ah, bon?, Oh, really?

ça me rappelle, it reminds me of

avant . . . décision, before making a decision like that

voilà . . . mariés, here they are arguing like an old married couple

s'embrassent . . . paix, kiss to make up

en route, let's get going

il faudra . . . dépêcher, we've got to hurry

le tien, yours

Le visage . . . s'allume., Anatole's face lights up.

Répondez:

1. Pourquoi Natasha veut-elle s'arrêter à Chicoutimi?
2. Pourquoi Jean-Pierre trouve l'aubergiste curieux? Est-il comme ça tous les jours?
3. Qu'est-ce que c'est que le Carnaval Souvenir?
4. Pourquoi le commissaire pense-t-il que les deux Russes soient morts?
5. Pourquoi Dmitri aime-t-il la région des Laurentides?
6. Où va Anatole cet après-midi?

19   *Une récompense° bien méritée*

récompense, reward

—DU SUCRE? demande le Commissaire Tronc.

—Merci,° répond Monsieur Maurice, assis dans le grand fauteuil en cuir.°

merci, no, thank you

fauteuil en cuir, leather armchair

C'est la deuxième fois depuis un mois° que Monsieur Maurice prend le café dans le bureau du directeur. C'est un très grand honneur, surtout pour Monsieur Maurice, qui avait travaillé à la P.J. pendant vingt ans sans jamais être invité.°

c'est . . . depuis un mois, it's the second time in a month

sans jamais être invité, without ever being invited

Le Commissaire Tronc lui tend une petite tasse bordée d'or,° puis continue:

bordée d'or, gold-rimmed

—Monsieur Belloir et moi voudrions vous remercier d'avoir mené cette affaire si adroitement. C'était une situation extrêmement délicate qui demandait beaucoup de discrétion et de sang-froid. J'avoue que j'avais quelques inquiétudes° en vous confiant cette mission, mais vous l'avez résolue° admirablement.

j'avais . . . inquiétudes, I was a bit worried

l'avez résolue, solved it

—Merci, Monsieur le Commissaire, répond Monsieur Maurice, très flatté.

—En témoignage de notre reconnaissance,° j'ai l'honneur de vous annoncer que vous êtes promu° chef de la brigade° criminelle. Comme vous le savez, Monsieur Lepître va prendre sa retraite° le premier mars. Vous serez son successeur.

en . . . reconnaissance, as a token of our thanks

promu, promoted to the position of

brigade, division

prendre sa retraite, retire

Monsieur Maurice est tellement ému qu'il n'arrive pas à dire quoi que ce soit.° Jamais de la vie, il ne s'attendait à une telle promotion!°

quoi que ce soit, a single word

Jamais . . . promotion!, Never in his life had he expected such a promotion!

—Vous recevrez bien sûr une augmentation° importante. Et, comme vous travaillez si bien avec Messieurs Ampoulay et Alayre, ils seront transférés à votre nouvelle division.

augmentation, raise

Monsieur Maurice s'efforce de sourire à cette nouvelle moins agréable. Il aurait préféré avoir des collaborateurs un peu plus sérieux. Mais, enfin, on ne peut pas tout avoir!° Et puis, après tout, Jean-Pierre et Anatole méri-

on ne peut . . . avoir, you can't have everything

taient bien une récompense pour leur participation dans cette affaire. Pour une fois,° ils avaient bien travaillé.

pour une fois, for once

Le téléphone sonne. Le commissaire décroche.

—Oui? demande-t-il . . . Faites-le entrer,° Mathilde.

faites-le entrer, bring him in

La porte du bureau s'ouvre et Mathilde, la vieille secrétaire, fait entrer Monsieur Belloir. Les deux amis se serrent la main.

—Quel plaisir de te revoir, Louis! dit le Commissaire.

—Surtout dans des circonstances si heureuses! dit Monsieur Belloir, souriant à Monsieur Maurice.

—Comment vont les deux amoureux?° demande le commissaire.

Comment . . . amoureux?, How are the two lovebirds?

—Très bien, répond Monsieur Belloir. Ils se marient le mois prochain à Québec. Ils m'ont demandé de remercier Monsieur Maurice encore une fois° et de l'inviter à leur mariage, ainsi que° Messieurs Ampoulay et Alayre.

encore une fois, once again
ainsi que, as well as

Monsieur Maurice est pris de panique à l'idée de reprendre l'avion. Le voyage de retour à Paris avait été encore plus pénible que le voyage à Montréal. Il n'a pas du tout envie de recommencer!°

Il n'a . . . recommencer!, He isn't about to start all over again!

—C'est très gentil de leur part,° dit-il. Malheureusement, je serai très occupé au mois de mars et je ne pourrai pas me libérer.° Mais peut-être que Jean-Pierre ou Anatole pourra y aller.

c'est . . . de leur part, it's very nice of them
je ne . . . me libérer, I won't be able to get away

—Monsieur Maurice vient d'être promu° chef de la brigade criminelle, explique le Commissaire Tronc.

vient d'être promu, has just been promoted to

—Mes félicitations, monsieur, dit Monsieur Belloir. C'est une promotion bien méritée!

Répondez:

1. Monsieur Maurice prend-il souvent le café dans le bureau du directeur?
2. Quelle récompense Monsieur Maurice reçoit-il pour son travail au Québec? Quelle est sa réaction?
3. Monsieur Maurice est-il content d'apprendre que Jean-Pierre et Anatole seront transférés à la brigade criminelle? Pourquoi?
4. Pourquoi Natasha et Dmitri veulent-ils que Monsieur Maurice vienne à Québec au mois de mars? Que répond-il? Quelle est la vraie raison?

20   *Des rêveries amoureuses*

LE LENDEMAIN MATIN, Monsieur Maurice entend frapper° à la porte de son bureau.

—Entrez, dit-il.

Ce sont Anatole et Jean-Pierre. Comme d'habitude, Anatole porte Germain dans les bras.

—Félicitations, patron! dit Jean-Pierre, souriant. Le Commissaire Tronc nous a annoncé votre promotion.

—Vous l'avez bien méritée!° ajoute Anatole.

—Merci, répond Monsieur Maurice, un peu gêné. Il n'a pas l'habitude de recevoir tant de compliments.

—Nous avons de bonnes nouvelles, nous aussi! dit Jean-Pierre. Nous avons reçu chacun une bonne promotion, avec une augmentation importante. Et, en plus, le commissaire nous offre une semaine de congé payé° pour assister au mariage de Natasha le mois prochain! C'est chouette, hein?°

—Oui, c'est très généreux de sa part,° répond Monsieur Maurice. Il est très soulagé de savoir° que Jean-Pierre et Anatole vont aller à Québec à sa place.° L'idée de reprendre l'avion lui avait donné des cauchemars toute la nuit.

—Germain sera si heureux de revoir sa Dolly! s'exclame Anatole, grattant° le petit pékinois derrière les oreilles.

Jean-Pierre ajoute:

—Avoue que tu ne seras pas mécontent de revoir sa maîtresse!

Anatole rougit, puis il taquine Jean-Pierre à son tour:°

—Et toi, tu ne seras pas malheureux de revoir Sonya!

Tout le monde rit et se perd dans des rêveries amoureuses. Sauf Monsieur Maurice, bien sûr, qui n'est amou-

entend frapper, hears a knock

Vous l'avez . . . méritée!, You really deserved it!

une semaine . . . payé, one week's paid vacation

C'est chouette, hein?, Pretty nice, huh?

de sa part, of him

très soulagé de savoir, very relieved to know

à sa place, instead of himself

grattant, scratching

à son tour, in turn

reux que de son travail. Lui, il rêve de son nouveau poste
et se dit avec fierté:°

    —Chef de la brigade criminelle! Qui l'aurait cru!°

avec fierté, proudly

Qui l'aurait cru!, Who would have believed it!

Répondez:

1. Que reçoivent Anatole et Jean-Pierre comme récompense pour leur travail au Québec?
2. Pourquoi Monsieur Maurice est-il heureux d'apprendre que Jean-Pierre et Anatole vont au Québec?
3. De qui rêvent Anatole et Jean-Pierre?
4. De quoi Monsieur Maurice rêve-t-il?

VOCABULAIRE

A

abord: d'— first, at first
aboyer to bark
abri: à l'— de safe from
abriter to house
absolu, -e absolute
accablé, -e overwhelmed by
    grief
accepter (de) to agree (to)
accès *m.* access
accompagné, -e (de)
    accompanied (by)
accompagner to accompany
accord: d'accord OK
accueillir to greet, welcome
acharné, -e eager, dedicated
achat *m.* purchase
    faire des —s to go shopping
acheter to buy
actuel, -le present, current
adjoint *m.* assistant
adorer to love, adore
adroitement ably, skillfully
aéroport *m.* airport
affaire *f.* case
affaires *f.pl.* business
    rendez-vous d'— business
      meeting
affamé, -e starving
affreux, -euse awful, horrible
agité, -e agitated
agiter to shake
agréable pleasant
aide *m.* help
aider to help
aile *f.* wing
ailleurs: d'— besides
aimable kind
aimer to like, love
    — mieux to prefer
aîné, -e older, oldest
ainsi: — que as well as
air *m.* air
    avoir l'— to look like
ajouter to add
alcool *m.* alcohol
aller to go
    — + *inf.* to be going to (do
      something)
    — à pied to walk, go on foot
    — bien to be fine, be well

allumer to light, turn on
    s'— to light up
alors so; well
ambassadeur *m.* ambassador
aménagement *m.* fixing up
amener to bring
amertume *f.* bitterness
ami *m.*, **amie** *f.* friend
amiral *m.* admiral
amitié *f.* friendship
amour *m.* love
amoureux, -euse in love,
    lovesick
    tomber — de to fall in love
      with
amoureux *m.* lovebird
amusant, -e amusing, funny
amusé, -e amused
amuser to amuse
    s'— to have a good time
an *m.* year
    avoir — ans to be — years
      old
ancien, -ne old; antique; former
ange *m.* angel
anglais, -e English
anglais *m.* English person;
    English language
anglicisme *m.* anglicism
angoisse *f.* anguish
année *f.* year
annoncer to announce
anxieux, -euse anxious
aplatir to flatten
    s'— to lie flat
apparaître to appear
appel *m.* call
    faire — à to call upon (for
      help)
appeler to call
    s'— to be named
appétit *m.* appetite
    bon — enjoy your meal
applaudir to clap, applaud
apprécier to appreciate
approcher: s'— de to go close
    to
appuyé, -e (sur) leaning (on)
appuyer to push, press
après after; afterward
après-midi *m.* afternoon

arbre *m.* tree
argent *m.* money
armée *f.* army
arracher to tear
arranger: s'— to work out
arrêt *m.* stop
  sans — constantly
arrêter to arrest; to stop
  s'— to stop (oneself)
arrière rear
arrivée *f.* arrival
arriver to arrive; happen
  — à to manage, succeed
arrosé, -e washed (down)
asile *m.* asylum
assaillant *m.* warrior, attacker
asseoir: s'— to sit down
assez (de) enough
assiéger to lay siege to
assis, -e seated, sitting
assister (à) to attend
attacher to fasten
attaquer to attack
  s'— à to take on, contend
    with
atteindre to reach
attendre to wait (for); expect
atterrir to land
attraper to catch
aube *f.* dawn
auberge *f.* inn
aubergiste *m.&f.* innkeeper
aucun, -e no, not any
  ne . . . — no, not any
  ni . . . — nor any
augmentation *f.* (pay) raise
aujourd'hui today
aussi also, too
  — bien que as well as
  — . . . que as . . . as
aussitôt right away
autant as much, so much
  — que as much as
authentiquement authentic(ally)
autoroute *f.* expressway
autour around
autre other
autrement otherwise
avancer to go forward
  s'— (vers) to advance
    (toward), go close (to)
avant before
avec with

aventure *f.* adventure
avertir to warn
avion *m.* airplane
avis *m.* opinion
  changer d'— to change one's
    mind
avoir to have
  il y a there is, there are; ago
avouer to admit

B
bafouiller to stammer
baie *f.* bay
baisser to lower, put down
  se — to bend over
bal *m.* dance, party
balle *f.* bullet
balustrade *f.* railing
banal, -e ordinary
banc *m.* seat, bench
bannière *f.* banner
baratiner to flirt with
barbe *f.* beard
barbiche *f.* goatee
bas, basse lower
  en bas below
bataille *f.* battle
  champ de — battlefield
bateau *m.* boat
  faire du — to go boating
bâtiment *m.* building
battre to fight
bavarder to chat
beau, bel, belle handsome,
  beautiful
beaucoup many, much
bébé *m.* baby
bedaine *f.* belly *(slang)*
berger allemand *m.* German
  shepherd
besoin *m.* need
  avoir — de to need
bête stupid
bêtise *f.* foolish thing, stupid
  mistake
bien fine, well
  aller — to be well, be fine
  aussi — que as well as
  — des many, a lot of
  — sûr of course
  eh — well

faire du — à quelqu'un to do someone good
bientôt soon
bienvenue *f.* welcome
billet *m.* ticket; bill
— **d'un dollar** one-dollar bill
blanc, blanche white
bleu, -e blue
bloc *m.* block
bloquer to block
boire to drink
bois *m.* wood
de — wooden
bon, bonne good
bondé, -e (de) jammed (with)
bonhomme *m.* guy, fellow
— **de neige** snowman
bonne *f.* maid
bonsoir good evening, good night
bord *m.* edge; shore
bordé, -e lined; rimmed
botte *f.* boot
bouche *f.* mouth
bouger to move
bouleversé, -e very upset
boulot *m.* job, work *(slang)*
bourse *f.* stock exchange
boussole *f.* compass
bouteille *f.* bottle
bouton *m.* button
brandir to wave (something) in the air
bras *m.* arm
brigade *f.* division
briller to shine
bruit *m.* noise
brûler to burn
brun, -e brown; brunette
brusquement suddenly
bruyamment noisily
bûche *f.* log
bûcheron *m.* lumberjack
bureau *m.* desk; office
but *m.* aim, goal

C
ça that, it
— **y est** that's it
cabaret *m.* nightclub
cacher to hide
café *m.* coffee
— **filtre** strong drip coffee

cafetière *f.* coffeepot
camion *m.* truck
camionneur *m.* truck driver
canadien, -ne Canadian
Canadien *m.* Canadian (person)
canot *m.* long, narrow rowboat
capituler to surrender
car because
carnavalesque (of the) Carnaval
carnet *m.* notebook
carré -e square
carreau *m.* square
nappe à —x checked tablecloth
carrière *f.* career
carrosse *m.* carriage
carte *f.* card; map
cas *m.* case
en — d'urgence in case of an emergency
casquette *f.* cap
castor *m.* beaver
catastrophe *f.* catastrophe
cauchemar *m.* nightmare
faire un — to have a nightmare
cause: à — de because of
ce, cet, cette this, that
ce que what
céder to give way
ceinture *f.* belt; seatbelt
célèbre famous
celui, celle; ceux, celles this one, that one; these, those
centaine *f.* about one hundred
cerf *m.* deer
certainement certainly
chacun, -e each (one)
chaise *f.* chair
chaleur *f.* warmth
chambre *f.* room
champ *m.* field
— **de bataille** battlefield
chance *f.* luck
avoir de la — to be lucky
bonne —! good luck!
chanson *f.* song
chansonnier *m.* folksinger
chanter to sing
chapeau *m.* hat
chaque each, every

char *m.* float
chargé, -e (de) loaded (with)
charger to load
chariot *m.* cart
charmant, -e charming
chasse *f.* chase
chasser to chase away, chase after
château *m.* castle
chaud, -e hot
chauffeur *m.* driver
chaussette *f.* sock
chaussure *f.* shoe
chef *m.* leader; boss
chef-d'œuvre *m.* masterpiece
chemin *m.* path, way
cheminée *f.* fireplace
cher, chère dear
chercher to look for
— **des yeux** to look around for
chéri *m.* darling
cheval *m.* horse
chez at the home of
— **lui** to (at) his home
chien *m.*, **chienne** *f.* dog
— **esquimau** Alaskan husky
choc *m.* impact
chœur *m.* choir; altar
enfant de — altar boy
choisir to choose
chose *f.* thing
quelque — something
chuchoter to whisper
cidre *m.* cider
ciel *m.* sky
cigare *m.* cigar
cinéma *m.* movie theater
cipaye *m.* Québec pâté (meat spread)
circonstance *f.* circumstance
citadelle *f.* fortress
cité *f.* city
citoyen *m.* citizen
clair, -e clear
classer to file
clef *f.* key
clin: — **d'œil** wink
clochard *m.* hobo, bum
clou *m.* high point *(slang)*
cocher *m.* driver (of a carriage)
coco *m.* darling
cœur *m.* heart

cogner to pound
— **du poing** to beat one's fist
coiffeur *m.* hairdresser
coin *m.* corner
regarder du — **de l'œil** to watch out of the corner of one's eye
coincé, -e stuck
col *m.* collar
colon *m.* settler
coloniser to colonize
colonne *f.* column
commander to order
comme like; as
commencement *m.* beginning
commencer to begin
comment how
commerçant *m.* merchant
commissaire *m.* police chief
commode convenient, handy
compagnie *f.* company
tenir — **à** to keep (someone) company
compagnon *m.* companion
compatriote *m.* fellow countryman
complètement completely
compliqué, -e complicated
compositeur *m.* composer
comprendre to understand
compter to count; be valued
concierge *m.&f.* janitor
concours *m.* competition
conçu, -e: bien — well designed
concurrence *f.* competition
conduire to drive
confiance *f.* confidence
avoir — to be confident, trust
confiant, -e confident
confier to entrust, put in someone's safekeeping
confiture *f.* jam
congé *m.* time off (from work), vacation
connaissance *f.* acquaintance
faire la — **de** to meet (someone)
connaître to know, be acquainted with
connu, -e known, well-known
consacrer to devote

conseiller to advise
consigne *f*. baggage
checkroom
construit, -e built
conte *m*. tale, story
contenir to contain
content, -e pleased, happy
contenter: se —— (de) to be
content (with)
continuer to continue
contrarié, -e annoyed
contrat *m*. contract
contre against; in exchange for
par —— on the other hand
convive *m.&f*. dinner guest
copain *m*. pal
corde *f*. rope
corne *f*. antler
corps *m*. body
côté *m*. side
à —— de next to
couché, -e lying down
coucher: se —— to go to bed, lie
down
couler (sur) to run (down)
couloir *m*. hall
coup *m.:*
—— de feu shot
—— de foudre thunderbolt;
love at first sight
—— de téléphone telephone
call
tout à —— suddenly
coupé, -e cut
—— en dés diced
cour *m*. class; *f*. court
faire la —— à to court
courage *m*. courage
bon —— keep your chin up
courant *m*. current
au —— informed
courir to run
course *f*. race
—— de canots boat race
—— de traîneaux dogsled race
couteau *m*. knife
couvrir to cover
créer to create, make
cri *m*. shout
crier to shout
critique critical
critique *f*. criticism
croire to believe, think
croissant, -e growing

cru, -e raw
cuir *m*. leather
cuisine *f*. cooking; kitchen
curieux, -euse strange, peculiar

D

dame *f*. lady
dangereux, -euse dangerous
dans in, into
danse *f*. dance
danser to dance
de of; from; in
débarquer to get off (a plane or
train)
debout standing up
début *m*. beginning
au —— at first
décaper to uncover, scrape off
décharger to unload
déchiffrage *m*. decoding
décidé, -e determined
décor *m*. decor, furnishings
décoré, -e decorated
découragé, -e discouraged
découverte *f*. discovery
découvrir to uncover; discover
décrocher to pick up (telephone
receiver)
dedans inside
défaire to undo, untie
défilé *m*. parade
dégoût *m*. disgust
dehors outside
déjà already
déjeuner *m*. lunch
petit —— breakfast
déjeuner to eat lunch
délicieux, -euse delicious
délivrer to save
demain tomorrow
demander to ask; require
se —— to wonder
demi, -e half
demi-heure *f*. half hour
dent *f*. tooth
départ *m*. departure
dépêcher: se —— to hurry up
dépenser to spend
déplaire (à) to displease
déplier to unfold
déposer to drop off

depuis since; for
dernier, dernière last
derrière behind
désagréable unpleasant
descendre to go down
désespéré, -e desperate
dès que as soon as
dessus: au-dessus above
détaillé, -e detailed
détruit, -e destroyed
deuxième second
devant in front of, ahead of
  siège — front seat
devenir to become
deviner to guess
devoir to have to, must
dévoué, -e devoted
dévouement *m.* devotion
Dieu *m.* God
difficile difficult
dignitaire *m.* dignitary
dîner to eat dinner
dire to say, tell
  à vrai — to tell the truth
  vouloir — to mean
discours *m.* speech
disparaître to disappear
disparu disappeared
disponible available
disposition *f.* disposal
disputer: se — to argue
distingué, -e distinguished
distinguer to distinguish
distrait, -e absent-minded
divan *m.* couch
divertir to amuse, entertain
dix-huitième eighteenth
dix-septième seventeenth
doigt *m.* finger
dommage: c'est — it's too bad,
  it's a shame
donc hence, therefore
Don Juan *m.* woman chaser
donner to give
doré, -e golden
dormir to sleep
dossier *m.* file; case
doucement gently; slowly
doué, -e talented
doute *m.* doubt
  sans — no doubt
douter to doubt
  se — de to realize; suspect

doux, douce gentle
douzaine *f.* dozen
draguer to flirt with
drapeau *m.* flag
droit *m.* law
  faire des études de — to
    study law
droite *f.* right
  à — to the right
drôle strange, funny
drôlement really
durant during

E

eau *f.* water
échange *m.* exchange
échappé, -e (de) escaped (from)
échapper to escape
échouer to fail
éclaircir: s'— to be cleared up
éclater to burst; to explode, go
  off
  — de rire to burst out
    laughing
écouler: s'— to pass, go by
écouter to listen (to)
écraser: s'— to crash
écrier: s'— to cry out, exclaim
écrire to write
effet *m.* effect
efficace efficient
effondrer: s'— to collapse, give way
efforcer: s'— (de) to force
  oneself; struggle
effroi *m.* horror, fear
égaré, -e bewildered
église *f.* church
égratiner to scratch
élancer: s'— to rush off
élever: s'— to rise
éloigner: s'— to go away,
  disappear
embarquement *m.* boarding
embaucher to hire
embrasser to kiss
emmener to lead, to take
  (someone)
emmitouflé, -e bundled up
empêcher to prevent
empilé, -e piled
employé *m.* employee, clerk

emporter to carry (away)
empresser: s'— to hasten
emprisonner to imprison
emprunter (à) to borrow (from)
ému, -e excited; moved;
   agitated
enchanté, -e pleased, happy
encombré, -e crowded
encore again; still; another
   — une heure in another hour
en-dessous (de) underneath,
   below
endormi, -e asleep
endormir: s'— to fall asleep
endroit *m.* place
enfance *f.* childhood
enfants *m.pl.* children
enfiler to put on
enfin finally; well
enlever to remove
ennui *m.* problem
énorme enormous
énormément enormously
enquête *f.* investigation
enseigne *f.* sign
ensemble together
ensoleillé, -e sunny
ensuite then, afterward
entendre to hear
entièrement entirely
entourer to surround; put
   around
entraîner: s'— to train (for)
entre between, among
entrée *f.* entrance
entrepôt *m.* warehouse
entrer to enter
enveloppé, -e wrapped (in)
envers to, toward
envie *f.* desire
   avoir — de to want to
environ about
environs *m.pl.* surrounding area
envoyer to send
épais, épaisse thick; deep
épaule *f.* shoulder
éphémère short-lived
époque *f.* period, time
épris, -e in love
éprouvé, -e worn down, sorely
   afflicted
épuisé, -e exhausted
équilibre *m.* balance

équipe *f.* team
érable *m.* maple
escalier *m.* stairs
espérer to hope
espion *m.* spy
espionnage *m.* spying
esplanade *f.* boardwalk
esquimau, -de Eskimo
   chien — Alaskan husky
essayer to try
essence *f.* gas
essoufflé, -e out of breath
essuyer to wipe
est *m.* east
estrade *f.* platform
et and
établir to establish
étage *m.* floor
étaler to spread out
étape *m.* stage
état *m.* condition; state
Etats-Unis *m.pl.* United
   States
éteindre to turn off
étendu, -e stretched out
étiquette *f.* label
étoile *f.* star
étonnant, -e surprising
étonné, -e surprised
étonnement *m.* surprise
étonner: s'— to be surprised
étranger, étrangère foreign
étrangler to strangle
étroit, -e narrow
études *f.pl.* studies
   faire des — de droit to study
   law
étudier to study
éveiller to arouse
événement *m.* event
évident, -e clear
exactement exactly
examiner to inspect
exaspéré, -e exasperated
exclamer: s'— to exclaim
exécrable terrible
expérimenté, -e experienced
expliquer to explain
explorateur *m.* explorer
exportateur *m.* exporter
exposé, -e exhibited, on display
exprimer to express
extrêmement extremely

F

face: en — de across from
fâcher: se — to become angry
façon *f.* way
  de toute — anyway
faculté *f.* school, department
faiblement weakly
faillir to nearly do something
faim *f.* hunger
  avoir — to be hungry
faire to do; make
  — + *inf.* to make someone
    do something
  — des études to study
  — du bien à quelqu'un to do
    someone good
  — un tour to go for a walk or
    ride
falaise *f.* cliff
falloir to be necessary
  il faut (you) must; it is
    necessary

farouche fierce
fatigué, -e tired
faut: *see* **falloir**
faute *f.* fault
fauteuil *m.* armchair
faux, fausse false
  faux pas *m.* mistake
fée *f.* fairy
félicitations *f.pl.*
  congratulations
femme *f.* woman; wife
fenêtre *f.* window
fermer to close
  — à clef to lock
festin *m.* feast, party
fête *f.* celebration
fêter to celebrate
feu *m.* fire
  coup de — shot
  feux d'artifice fireworks
feuille *f.* sheet of paper
feuilleter to page through, skim
février *m.* February
fiançailles *f.pl.* engagement
fier, fière proud
fierté *f.* pride
  avec — proudly
fille *f.* girl; daughter
fils *m.* son
fin *f.* end

finir to finish
flatté, -e flattered
fleur *f.* flower
fleurir to flourish
flirter to flirt
fois *f.* time
  à la — both, at the same time
  encore une — once again
  une — once
fonctionnaire *m.* bureaucrat
fond *m.* bottom
fonder to found, establish
fondre: — en larmes to burst into
  tears
fontaine *f.* fountain
forêt *f.* forest
forme *f.* shape
  en — in good shape
fort, -e strong
fortifié, -e fortified, walled
fossé *m.* moat
fou, folle crazy
foudre: coup de — thunderbolt
fouiller to search
foule *f.* crowd
fourrure *f.* fur
frais *m.pl.* expenses
français, -e French
Français *m.* French person;
  French language
franchement frankly
frapper to knock
frère *m.* brother
froid *m.* cold
  avoir — to be cold
front *m.* forehead
frotter to rub
  se — les yeux to rub one's
    eyes
fumée *f.* smoke
fumer to smoke
funiculaire *m.* cable car
furieusement furiously
furieux, -euse furious, angry

G
gâcher to ruin
gagner to gain; win
gai -e in good spirits
gaiement gaily
galant -e gentlemanly, gallant
gant *m.* glove
  — de toilette washcloth

garçon *m.* boy; waiter
garder to keep; guard
gare *f.* train station
garer to park
gâter to spoil
gauche *f.* left
  à — to the left
gelé -e frozen
gémir to groan
gémissement *m.* whimpering
gendarme *m.* policeman
gêné, -e embarrassed
généreux, -euse generous
genou *m.* knee
genre *m.* kind
gens *m.pl.* people
gentil, gentille nice, kind
gentiment kindly, in a friendly way
geste *m.* gesture, movement
gigot *m.* leg of lamb
gilet *m.* vest
glace *f.* ice
glacé, -e freezing, frozen
gloire *f.* glory, success
gorge *f.* throat
gorgée *f.* sip
grâce à thanks to
grand, -e large, big; high
grandissant, -e growing
gratte-ciel *m.* skyscraper
gratter to scratch
grave serious
gravier *m.* gravel
griffonner to scribble
grignoter to chew, gnaw at
grille *f.* wrought-iron fence
gris, -e gray
grognement *m.* grunt
grogner to grumble
grommeler to mutter
gronder to scold
gros, grosse big; fat
guerre *f.* war
guichet *m.* counter
guide *m.* guide; guidebook

H

habillé, -e dressed
habiller: s'— to get dressed
habitation *f.* settlement
habiter to live (in)

habitude *f.* habit
  avoir l'— de to be used to, accustomed to
  comme d'— as usual
habitué, -e used to, accustomed to
haché, -e minced, chopped
hargneusement angrily
hasard *m.* chance
  par — by chance
haut, -e high, tall
hauteur *f.* height
haut-parleur *m.* loudspeaker, megaphone
hésiter to hesitate
heure *f.* hour; o'clock
  à toute à l'— see you later
heureux, -euse happy
heurter to bump
hibernant, -e hibernating
hier *m.* yesterday
  avant — day before yesterday
  — soir last night
histoire *f.* history; story
hiver *m.* winter
homme *m.* man
honneur *m.* honor
horaire *m.* schedule, timetable
horloge *f.* clock
horreur: avoir — de to hate, detest
huître *f.* oyster
humeur *f.* mood
hurler to yell

I

ici here
idée *f.* idea
il he, it
  — y a there is, there are; ago
île *f.* island
illuminé, -e lit up
immeuble *m.* apartment building
impatienter: s'— to become impatient
impression *f.* impression
  avoir l'— to feel as if
impressionné, -e impressed
imprévu, -e unexpected
impuissant, -e helpless

inattendu, -e unexpected
incendie *m.* fire
incliner to tilt
inconnu, -e unknown
inconnu *m.* stranger
Indien *m.* Indian
indiqué, -e indicated
indiquer to indicate
inespéré, -e unhoped for, ideal
infatigable tireless, untiring
ingénieur *m.* engineer
injure *f.* insult
inquiet, inquiète worried
inquiéter: s'— to worry
inquiétude *f.* worry, anxiety
inscrit, -e registered
inspecteur *m.* detective,
   inspector
instant *m.* minute, moment
intéressant, -e interesting
interrompre to interrupt
intervenir to intervene
inventaire *m.* inventory
invité *m.* guest
irrité, -e annoyed
isolé, -e (de) isolated (from)
ivrogne *m.&f.* drunkard

J

jamais ever, never
   ne . . . — never
jambe *f.* leg
jardin *m.* garden
   — publique park
jauge *f.* gauge
jauger to gauge, judge
jeter to throw
jeu *m.* game
jeune young
   jeunes *m.pl.* young people
joli, -e pretty
joual *m.* dialect of Quebec
joue *f.* cheek
jouer to play
jour *m.* day
journal *m.* newspaper
journée *f.* day
joyau *m.* jewel, treasure
jument *f.* mare
jusqu'à until; up to
juste just

K

klaxon *m.* horn
klaxonner to honk

L

là there
là-bas over there
lac *m.* lake
lâcher to let go
laisse *f.* leash
laisser to leave behind
   — + *inf.* to let someone do
      something
lamenter: se — to moan
lampe *f.* lamp
   — de poche flashlight
lancer: se — to rush
langue *f.* language
large wide
larme *f.* tear
   fondre en —s to burst into
      tears
léger, légère light
lendemain *m.* next day
lentement slowly
**lequel, laquelle; lesquels,
   lesquelles** which (one[s])
leur their
lever to lift, raise
   se — to get up, stand up
lèvre *f.* lip
libre free
lié, -e bound, tied up
lier to tie
lieu *m.* place, site
   au — de instead of
   avoir — to take place
ligne *f.* line
lire to read
lit *m.* bed
loger to house
loin far
   au — in the distance
lointain, -e from long ago
long, longue long
longtemps a long time
lorsque when
loup *m.* wolf
   avoir une faim de — to be
      hungry as a bear
loupe *f.* magnifying glass

lourd, -e heavy
lui him; her
lumière *f*. light
lycée *m*. high school

M

mademoiselle *f*. miss
magasin *m*. store
main *f*. hand
maintenant now
mais but
maison *f*. house, home
maître *m*. master
maîtresse *f*. mistress
mal badly, poorly
  avoir du — to have a hard
    time
  avoir — à to hurt, to have a
    pain in
malade sick, ill
malgré despite, in spite of
malheureusement unfortunately
malheureux, -euse unhappy
manger to eat
  salle à — dining room
manœuvre *f*. activity,
  manoeuvre
manquer to miss, be missing;
  fail
manteau *m*. coat
marche *f*. walking; step
marché *m*. market, marketplace
marcher to walk
mari *m*. husband
marier: se — to get married
marin *m*. sailor
Maroc *m*. Morocco
marque *f*. brand
marquer to mark
mars *m*. March
match *m*. game
matelas *m*. mattress
matériel *m*. equipment
matin *m*. morning
  du — in the morning
maudire to curse
maudit, -e blasted, darn
maussade gloomy
mécontent, -e unhappy,
  displeased
médecin *m*. doctor
méfiance *f*. distrust
méfiant, -e suspicious

mégère *f*. shrew
mêlé, -e (de) mixed (with)
mêler to mix
même same; even
  en — temps at the same time
  quand — anyway, just the
    same
menacé, -e threatened
menacer to threaten
mener to lead; conduct
menottes *f.pl*. handcuffs
merci thank you, thanks
mère *f*. mother
mérité, -e deserved
mériter to deserve
merveilleux, -euse wonderful
mesdames *f.pl*. ladies
messieurs *m.pl*. gentlemen
mesurer to measure
métier *m*. trade; experience
mètre *m*. meter
métro *m*. subway
mettre to put, place; to put on
  (clothing)
  se — à + *inf*. to start doing
    something
  se — à table to sit down at
    the table
meubles *m.pl*. furniture
mielleux, -euse sugary
mieux better
  aimer — to prefer
  le — the best
milieu *m*. middle
millier *m*. one thousand
minuit *m*. midnight
mode *f*. fashion, style
moi-même myself
moindre least
moins less
  au — at least
mois *m*. month
moment *m*. moment
  au — de at the time of
monde *m*. world
  tout le — everyone,
    everybody
monsieur *(pl.* **messieurs)** Mr.;
  gentleman
montagne *f*. mountain
monter to climb
  — dans to enter, go into
montre *f*. watch
montrer to show

morne gloomy
mort, -e dead
mort *f.* death
mosaïque *f.* mosaic
mot *m.* word
motoneige *f.* snowmobile
moucher: se — to blow one's
　nose
mouchoir *m.* handkerchief
moue *f.* grimace
mouiller: se — to get wet
mourir to die
　— de faim to be starving
mur *m.* wall
musée *m.* museum
mystère *m.* mystery

N

nager to swim
nappe *f.* tablecloth
naturellement of course,
　naturally
naviguer to sail
ne:
　ne . . . aucun(e) no, not any
　ne . . . jamais never
　ne . . . pas not, no
　ne . . . personne no one,
　　nobody
　ne . . . plus no more, no
　　longer
　ne . . . que only
né, -e born
néanmoins nevertheless
négocier to negotiate
neige *f.* snow
nerveux, -euse nervous
nez *m.* nose
ni nor
　ni . . . aucun(e) nor any
noces *f.pl.* wedding
　voyage de — honeymoon
nœud *m.* knot
noir, -e black
noir *m.* darkness
　faire — to be dark out
noix de muscade *f.* nutmeg
nom *m.* name
　au — **de** for, in the name of
nombreux, -euse numerous
nommer to name

non no
　— plus not either
nonchalant, -e easygoing,
　nonchalant
nord *m.* north
nostalgie *f.* nostalgia
note *f.* bill
nounours *m.* teddy bear
nouveau, nouvel, nouvelle new
nouvelle *f.* news
　bonne — good news
noyer: se — to drown
nuit *f.* night
　cette — tonight
numéro *m.* number

O

obtenir to obtain
occasion *f.* chance, opportunity
occupé, -e busy
odeur *f.* smell, odor
œil *m.* eye
offrir to offer
on they; people; one
oncle *m.* uncle
or *m.* gold
ordre *m.* religious order
oreille *f.* ear
orfèvre *m.* goldsmith
original, -e eccentric
orné, -e (de) decorated (with)
os *m.* bone
oser to dare
otage *m.* hostage
où where
oublier to forget
ouest *m.* west
ouragan *m.* hurricane
ours *m.* bear
outil *m.* tool
outre besides
outré, -e outraged
ouvert, -e open
ouverture *f.* opening, opening
　day
ouvrir to open

P

paix *f.* peace
palais *m.* palace
　— de justice courthouse

pâle pale
panique *f.* panic
  pris de — panic-stricken
panne *f.* breakdown
  tomber en — d'essence to
  run out of gas
pantalon *m.* pants
paperasses *f.pl.* paperwork
par by; through
  — contre on the other hand
  — là that way
pare-brise *m.* windshield
pare-chocs *m.* bumper
parfois occasionally
parfumé, -e flavored
parler to speak, talk
parmi among
parole *f.* (spoken) word
part *f.* part
  à — besides
  de sa — of him (her)
  quelque — somewhere
partie *f.* part
  faire — de to belong to, be a
  member of
partir to leave
  à — de starting in
pas *m.* step
  faux — mistake, blunder
passager *m.* passenger
passé *m.* past
passe-partout *m.* skeleton key
passer to spend; pass
  se — to happen
passe-temps *m.* pastime
passionnant, -e thrilling
passionné, -e (de) impassioned
  (by)
pâté *m.* meat spread, pâté
patinage *m.* ice-skating
pâtisserie *f.* pastry
patron *m.* boss
patte *f.* foot, paw
pauvre poor
pavé, -e paved with
  cobblestones
pavé *m.* cobblestone
payé, -e paid
payer to pay (for)
pays *m.* country
peine: à — hardly
pékinois, -e Pekinese (dog)
pencher: se — to bend forward

pendant during; for (a period of
  time)
pendre to hang
pénible painful, unpleasant
péniblement painfully
pensée *f.* thought
penser to think
pépin *m.* problem *(slang)*
perdre to lose
  se — to lose oneself
père *m.* father
perle *f.* pearl
permettre to allow
perpétuel, perpétuelle
  continual
perplexe puzzled
personnage *m.* character (in a
  story)
personne *f.* person
  ne . . . personne no one,
  nobody
pétillant, -e bubbly
petit, -e little
  — déjeuner *m.* breakfast
peu little
  — à — little by little
  un — a little, a bit
peur *f.* fear
  avoir — to be afraid
peut-être perhaps, maybe
phare *m.* headlight
phrase *f.* sentence, phrase
physique *f.* physics
pic *m.* peak
pièce *f.* play
pied *m.* foot
  à — on foot
  sur la pointe des —s on
  tiptoe
pierre *f.* stone
piétonnier, piétonnière
  pedestrian
pilier *m.* pillar, column
piloter to pilot, drive
piquer to steal, pinch *(slang)*
piste *f.* ramp; runway
pitoyable pitiful
pittoresque colorful,
  picturesque
place room; public square
  à sa — instead of him, in his
  place
  grande — town square

plafond *m.* ceiling
plaire to please
  s'il vous plaît please
plaisanter to joke
plaisir *m.* pleasure
  avec — I'd love to
  de — happily
  faire — à to please
plaque *f.* commemorative sign
plat *m.* dish, plate
plateau *m.* platter
plein, -e full
pleurer to cry
pluie *f.* rain
plupart most
plus more
  de — en — more and more
  le — most
  ne . . . plus no more, no longer
  non — either
  — de more than
  — tard later
plusieurs several
poche *f.* pocket
  lampe de — flashlight
poids *m.* weight
poignet *m.* wrist
poilu, -e shaggy
poing *m.* fist
  cogner du — to beat one's fist
pointu, -e pointed
policier *m.* policeman
poliment politely
politique *f.* politics
pomme de terre *f.* potato
porc *m.* pork
porte *f.* door
porter to carry; lift
porteur *m.* porter
portière *f.* car door
portion *f.* piece
poste *m.* position, job
pour for
  — que so that, in order that
pourquoi why
poursuite *f.* pursuit
poursuivre to chase after
pourtant however
pousser to push
pouvoir to be able (to)

précédent, -e previous, preceding
préciser to clarify
préféré, -e favorite
premier, première first
prendre to take
  — bien soin de to take good care of
préoccupé, -e preoccupied
près near, close
  de — closely, carefully
  tout — de right near
presque almost
pressé, -e in a hurry
prêt, -e ready
prêter to lend
preuve *f.* proof, evidence
privé, -e private
prix *m.* prize; price
  à tout — at all cost
proche close
profond, -e deep, high
profondément deeply
proie *f.* prey, victim
promenade *f.* walk
promener: se — to take a walk
promeneur *m.* person out for a stroll
promettre to promise
promu, -e promoted
proposer to propose, suggest
propre own; clean
propriété *f.* property
protecteur, -trice protective
provoquer to cause
puis then
puissant, -e powerful

Q

quai *m.* platform at a train station; street or wharf running along waterfront
quand when
  — même anyway, just the same
quarantaine about forty
  d'une — d'années about forty years old
quart *m.* quarter
  — d'heure fifteen minutes
quartier *m.* neighborhood, area (of town)

— **général** (military) headquarters
que that
ce — what
ne . . . que only
qu'est-ce que . . .?
what . . .?
Québec Quebec city
Québec *m.* Quebec province
québécois, -e (of) Quebec
quel, quelle what, which
quelque some, a few
— chose something
— part somewhere
quelqu'un someone
queue *f.* tail
qui who, which
quinze fifteen
quitter to leave
quoi what
quoique although

R

raconter to tell
raccrocher to hang up
rafale *f.* gust (of wind)
rafraîchissant, -e refreshing
raison *f.* reason
avoir — to be right
ramasser to gather up
rameur *m.* rower
rangée *f.* row
ranger to park
rapide fast, quick
rappeler to recall, remind; call
back
— à quelqu'un to remind
someone
rapport *m.* report
rasé, -e torn down, demolished
râter to miss
rattraper to catch up (with)
rayon *m.* ray
réagir to react
recacher to hide again
récepteur (telephone) receiver
réception *f.* main desk (of a
hotel)
recevoir to receive, get;
entertain
rechauffer: se — to warm up

récit *m.* story, narrative
recommencer to start over
récompense *f.* reward
reconnaissance *f.* gratitude,
thanks
reconnaître to recognize
reconstruit, -e rebuilt
recréer to recreate
récupérer to recover
refermer to close again
réfléchir to think carefully
régaler: se — to enjoy oneself,
feast
regard *m.* look, glance
regarder to watch, look (at)
règle *f.* rule
régler to pay (a bill)
reine *f.* queen
rejoindre to meet
relier to link, connect
remarquer to notice; remark
remerciement *m.* gratitude,
thanks
remercier to thank
remettre to give back, put back
se — de to get over, recover
from
remonter to go back (in time);
push up
remplacer to replace
remplir to fill (up)
remuer to move
— la queue to wag (his) tail
rencontrer to meet
rendez-vous meeting,
appointment
avoir — chez to have an
appointment with
donner — à quelqu'un to
arrange to meet someone
— d'affaires business
meeting
rendre to give back
— visite à to visit someone
se — to go; give oneself up
se — compte to realize
renouer to renew
renseignements *m.pl.*
information
renseigner: se — to make
inquiries
rentrer to go home; return

renversé, -e overturned
répandre to spread; to give off (smell)
repartir to leave again
répéter to repeat
répliquer to reply
replonger: se — to plunge back
répondre to answer
réponse *f.* answer, response
reposer: se — to rest, relax
repousser to push back, fight off
reprendre to take again; start again
   — son souffle to catch one's breath
réseau *m.* network
résoudre to resolve
respectueux, -euse respectful
restaurant *m.* restaurant
restaurer to restore
rester to remain, stay
retirer to take out, remove
retour *m.* return
retourner: se — to turn around
retraite *f.* retirement
retrouver to find again, come back to
réunion *f.* meeting
réussir to succeed
réveiller to wake (someone) up
   se — to wake up
revenir to come back
rêver (de) to dream (about)
réverbère *f.* streetlight
rêverie *f.* daydream
revivre to relive
revoir to see again
   au — good-bye
rideau *m.* curtain
rien nothing, anything
   ne . . . rien nothing, not anything
rire to laugh
   éclater de — to burst out laughing
rive *f.* shore, bank
rivière *f.* river
ronfler to snore
rouge red
rougir to blush
rouler to go, drive

route *f.* road
   en — vers on the way to
rudement roughly
rue *f.* street
ruine *f.* ruin
   tomber en —s to fall to pieces
russe Russian
russe *m.* Russian (person or language)
rustique rustic

S

sac *m.* **bag**
   — de voyage travel bag
   — en papier paper bag
sage well-mannered, well-behaved
sain, -e healthy, well
saisir to seize, grab
salle *f.* room
   — à manger dining room
   — d'attente waiting room
salon *m.* living room
saluer to greet, wave to
salut! hi!
sang-froid *m.* calmness, coolness
sans without
   — doute no doubt
sauf except (for)
sauf, sauve safe
sauter to jump
sauver to save
sauveur *m.* rescuer
savoir to know
savoureux, -euse delightful
sceptique skeptical
sculpté, -e carved
se himself, herself, itself; each other, themselves
sec, sèche dry
secouer to shake
séjour *m.* stay
selon according to
semaine *f.* week
sembler to seem
séminaire *m.* seminary
sens *m.* direction
   dans le bon — in the right direction
sentir to feel

séparer to separate, split up
sérieux, -euse serious
serré, -e tightened, tight
serrer to tighten, squeeze
   — la main à quelqu'un to shake someone's hand
serrure *f.* lock
serveuse *f.* waitress
serviette *f.* briefcase
servir to serve
seul, -e only; alone
seulement only
si if; so
siècle *m.* century
siège *m.* headquarters; seat
sien, sienne; siens, siennes his, hers, theirs
siffler to whistle
sifflet *m.* whistle
signe *m.* sign
   faire — to indicate
sirop *m.* syrup
   — d'érable maple syrup
ski *m.* ski
   faire du — to go skiing
slip *m.* underwear
sœur *f.* sister
soigneusement carefully
soin *m.* care
   prendre bien — de to take good care of
soir *m.* evening
soirée *f.* evening
sol *m.* ground
soleil *m.* sun, sunshine
sommeil *m.* sleep
sonner to ring
sonnerie *f.* ringing; bell
sort *m.* fate
sorte *f.* kind, sort
sortie *f.* exit
sortir to come out, leave
soudain suddenly
souffle *m.* breath
souffler to blow; whisper
souhaiter to wish, bid
soulagé, -e (de) relieved (of)
soulagement *m.* relief
soulever to lift up
soupçon *m.* suspicion
soupçonner to suspect
soupe *f.* soup
souper *m.* supper

soupir *m.* sigh
   pousser un — to let out a sigh
soupirer to sigh
sourire *m.* smile
sourire to smile
sous under
souterrain, -e underground
souvenir *m.* memory, remembrance
souvenir: se — (de) to remember
souvent often
spectacle *m.* show
steward *m.* steward
subvenir to meet, cover
subventionner to subsidize
succès *m.* success
sucre *m.* sugar
sueur *f.* sweat
suggérer to suggest
suite:
   à la — de as a result of; following
   tout de — right away
suivant, -e following
suivre to follow
sur on; about
sûr, -e sure
   bien — of course
sûrement certainly
surpris, -e surprised
sursaut *m.* jump
   se réveiller en — to wake up with a start
sursauter to be startled
surtout especially; generally
surveiller to watch
suspendu, -e hung, hanging

T
tableau *m.* painting; bulletin board
tandis que while
tant so many, so much
tapoter to tap
taquin, -e teasing
taquiner to tease
tard late
   plus — later
tarte *f.* pie
tartine *f.* bread and butter

tasse *f.* cup
teckel *m.&f.* dachshund
tel, telle such
— **que** such as
téléphoner (à) to call, telephone
tellement so; so much, so many
témoignage *m.* token, expression
tempe *f.* temple
temps *m.* time
à — in time
avoir le — to have time
de — **en** — from time to time
en même — at the same time
tendre to hold out, give
tenir to hold; own; run
— **compagnie (à quelqu'un)** to keep someone company
tentative *f.* attempt
tenter to attempt, try
terminé, -e completed
terminer to finish
se — to be finished
terrasse *f.* terrace
tête *f.* head
tien, tienne; tiens, tiennes yours
tirer to pull
— **sur** to shoot at
toboggan *m.* sled; toboggan slide
faire du — to go sledding
toi-même yourself
tomber to fall
— **amoureux de** to fall in love with
— **malade** to get sick
tôt early
plus — earlier
toujours always; still
tour *f.* tower; *m.* turn; tour
à son — in turn
faire un — to go for a walk or ride
tourner to turn
tourte *f.* pie
tourtière *f.* meat pie
tousser to cough
tout, toute; tous, toutes *adj.* all; every, any
tous les deux both (of them)

tout le monde everyone, everybody
tout, tous, toutes *pron.* all, everything
tout est bien all's well
tout *m.* the whole thing
tout *adv.* quite, completely, all
du — at all
— **à coup** suddenly
— **de suite** right away
trace *f.* footprints
traducteur *m.* **traductrice** *f.* translator
trahir to betray
train *m.* train
en — **de** + *inf.* in the process of doing something
traîneau *m.* sled, sleigh
course de traîneux dog-sled race
faire un tour en — to go for a sleigh ride
trait *m.* characteristic
traité *m.* treaty
trajet *m.* trip, way
trancher to interrupt
tranquille calm
tranquillement peacefully
travail *m.* work, job
travailler to work
travailleur *m.* worker
travers: à — through
traverser to cross
trébucher (contre) to trip (on)
trembler to tremble
trentaine *f.* about thirty
trente thirty
triomphe *m.* triumph
triste sad
tristement sadly
trois three
troisième third
trombe: entrer en — to burst in
tromper: se — **de** to be mistaken
trop too; too much, too many
de — too much
trou *m.* hole
troupe *f.* troop
trousse *f.* bundle
— **de clefs** key ring

trouver to find
  se — to be located
tuer to kill
tutoyer to use *tu*

U
urgence *f.* emergency
usé, -e worn out
utiliser to use

V
vacances *f.pl.* vacation
vague *f.* wave
vaguement vaguely
valise *f.* suitcase
valoir to be worth
  ça vaut it's worth
  il vaut mieux it's better to
  se faire — to show one's
   worth
vaut: *see* **valoir**
vautré, -e sprawled out
velours *m.* velvet
vendre to sell
venger: se — contre to take
  vengeance on
venir to come
  — de + *inf.* to have just
   (done something)
vent *m.* wind
vérifier to check
verre *m.* glass
vers to, toward
vert, -e green
vertige *m.* dizziness
  donner le — à quelqu'un to
   make someone dizzy
veste *f.* suit jacket
veuve *f.* widow
viande *f.* meat
vide empty
vie *f.* life
vieillard *m.* old man
vieux, vieil, vieille old

  mon vieux old friend
vilain *m.* villain
ville *f.* city, town
vin *m.* wine
vingtaine *f.* about twenty
visage *m.* face
visite *f.* visit
vite fast, quickly
vitesse *f.* speed
  à toute — at top speed
vitrail *m.* stained-glass window
vitrine *f.* window display
vivant, -e lively
vivant *m.* lifetime
vivre to live
vlan! bang!
voici here is
voie *f.* path
  — d'eau waterway
voilà there is
voir to see
voiture *f.* car
voix *f.* voice
vol *m.* flight
volant *m.* steering wheel
volé, -e stolen
voler to steal; fly
voleur *m.* thief, robber
vouloir to want (to)
  — dire to mean
voyage *m.* trip
  — de retour return trip
voyageur *m.* traveler
vrai, -e real; true
  à — dire to tell the truth
vraiment really
vue *f.* view

Y
yeux *m.pl.* eyes

Z
zodiaque *m.* zodiac
zut darn it

NTC INTERMEDIATE FRENCH READING MATERIALS

Humor in French and English
French à la cartoon

High-Interest Readers
Suspense en Europe Series
  Mort à Paris
  Crime sur la Côte d'Azur
  Evasion en Suisse
  Aventure à Bordeaux
  Mystère à Amboise
Les Aventures canadiennes Series
  Poursuite à Québec
  Mystère à Toronto
  Danger dans les Rocheuses
Monsieur Maurice Mystery Series
  L'affaire des trois coupables
  L'affaire du cadavre vivant
  L'affaire des tableaux volés
  L'affaire québécoise
  L'affaire de la Comtesse enragée
Les Aventures de Pierre et de
Bernard Series
  Le collier africain
  Le crâne volé
  Les contrebandiers
  Le trésor des pirates
  Le Grand Prix
  Les assassins du Nord

Intermediate Cultural History
Un coup d'oeil sur la France

Contemporary Culture in English
The French-Speaking World
Christmas in France
Focus on France
Focus on Belgium
Focus on Switzerland
Life in a French Town

Graded Readers
Petits contes sympathiques
Contes sympathiques

Adapted Classic Literature
Le bourgeois gentilhomme
Les trois mousquetaires
Le comte de Monte-Cristo
Candide ou l'optimisme
Colomba
Contes romanesques
Six contes de Maupassant
Pot-pourri de littérature française
Comédies célèbres
Cinq petites comédies
Trois comédies de Courteline
The Comedies of Molière
Le voyage de Monsieur Perrichon

Adventure Stories
Les aventures de Michel et de Julien
Le trident de Neptune
L'araignée
La vallée propre
La drôle d'équipe Series
  La drôle d'équipe
  Les pique-niqueurs
  L'invasion de la Normandie
  Joyeux Noël
Uncle Charles Series
  Allons à Paris!
  Allons en Bretagne!

Print Media Reader
Direct from France

For further information or a current catalog, write:
National Textbook Company
a division of *NTC Publishing Group*
4255 West Touhy Avenue
Lincolnwood, Illinois 60646-1975 U.S.A.